第四届《安徽古籍叢書》編審委員會

主任委員

黄德寬

副主任委員

諸偉奇

丁　放

彭君華

委員（按姓氏筆畫順序）

卞　利　方錫球　牛繼清　王啓才

吴先伍　施立業　胡傳志　紀健生

陳　林　張玉才　曹小雲　曹天生

程德和　楊　軍　楊應芹　趙國華

鮑　恒　樊嘉禄

安徽古籍叢書萃編

方望溪遺集

清・方苞 撰
徐天祥 陳蕾 點校

黃山書社

图书在版编目(CIP)数据

方望溪遗集 / (清) 方苞撰；徐天祥, 陈蕾点校. —合肥：黄山书社, 2014.1
(安徽古籍丛书萃编)
ISBN 978-7-5461-2322-6

Ⅰ. ①方… Ⅱ. ①方… ②徐… ③陈… Ⅲ. ①中国文学–古典文学–作品综合集–清代 Ⅳ. ①I214.92

中国版本图书馆 CIP 数据核字(2014)第 006086 号

方望溪遗集

出 版 人 任耕耘
策　　划 任耕耘 赵国华 汤吟菲
执行策划 汤吟菲 徐娟娟
责任编辑 任耕耘 朱莉莉

装帧设计 未 氓
责任印制 戚 帅

出版发行 时代出版传媒股份有限公司(http://www.pressmart.com)
黄山书社(http://www.hspress.cn)
官方直营书店(http://hsssbook.taobao.com)
营销部电话:0551-63533762 63533768
(合肥市政务文化新区翡翠路 1118 号出版传媒广场 7 层 邮编:230071)
经　　销 新华书店
印　　制 安徽联众印刷有限公司

开本 880×1230 1/32 印张 6.25 字数 150 千字
版次 2014 年 9 月第 1 版 2014 年 9 月第 1 次印刷
书号 978-7-5461-2322-6 定价 80.00 元

序

黄德寬

值此《安徽古籍叢書萃編》編輯出版之際，欣逢新時期安徽古籍整理出版工作步入而立之年！三十年來安徽的古籍整理出版工作，很值得認真地進行一番回顧總結。

一九八一年，中共中央發布《關於整理我國古籍的指示》，成立了以李一氓同志爲組長的國家古籍整理出版規劃領導小組，正式拉開了新時期古籍整理出版工作的序幕。一九八四年，中共安徽省委決定建立安徽省古籍整理出版領導小組，由時任省人大常委會副主任魏心一同志挂帥，聯合了省新聞出版局等政府部門和安徽大學等高等院校、研究單位，正式啓動安徽省古籍整理出版工作。同年，安徽專業古籍出版單位黄山書社也宣告成立。安徽古籍整理出版工作由此翻開了嶄新的一頁。

三十年間，安徽省古籍整理出版工作堅持初衷，克服困難，在政府部門的支持和社會賢達的關心下，經過學者們的艱辛努力，取得了豐碩成果，其最有代表性的成果就是《安徽古籍叢書》的編纂出版。

《安徽古籍叢書》凝結了當代安徽傳統文化研究領域衆多學者與專家的心血和汗水。以吴孟復先生爲代表，組成《安徽古籍叢書》第一届編審委員會，賡續安徽先哲編刊地方叢書盛業，梳理文獻綫索，擬訂叢書子目，擘劃編纂體例。遵循嚴格的學術規範，《安徽古籍叢書》自一九八九年三月刊出第一種——《舊聞隨筆》，截至二〇一三年底，連同修訂再版，出版已突破百種，成爲我國當代古籍整理一個有影響力的品牌。

收入《安徽古籍叢書》的各類古籍，既有朱熹、戴震、俞正燮、凌廷堪、程瑶田、黄生、包世臣、楊仁山、吴汝綸等學術巨擘的著作，也有張孝祥、錢澄之、方苞、方文、施愚山、姚鼐、吴敬梓等文學名家的作品；此外，包拯、朱升、朱元璋、阮大鋮、姚瑩、方孝標、劉銘傳等皖籍著名歷史人物的著述也盡在其中。正是因爲歷代賢哲創造的精神財富，使得《安徽古籍叢書》一經出版即蜚聲海内外，産生了廣泛的社會影響。李一氓同志曾經撰文，欣喜地表示：

『現在有一個好現象，安徽要編印新的《安徽叢書》。』當代著名學者金克木、胡道静、張岱年、程千帆等先生稱道『這是安徽文化事業的一項盛舉』。法國漢學家戴廷傑也對《安徽古籍叢書》堅持嚴格的學術規範稱賞不已。

《安徽古籍叢書》的順利編輯出版，還因爲改革開放帶來的時代機遇。改革開放三十多年來，我國經濟文化繁榮昌盛，使得《安徽古籍叢書》能够得到有關方面的財力支持。上個世紀八十年代，《安徽古籍叢書》編纂在發軔之時，就不斷有項目入選國家古籍整理出版規劃，得到國家各方面的有力支持。最新公布的《二〇一一—二〇二〇年國家古籍整理出版規劃》中，包括《方以智全書》在内的新列《安徽古籍叢書》項目品種就多達四十八種。安徽古籍的整理編纂工作，正是在改革開放的大背景下，在全國古籍整理出版工作的大格局中，取得了突出的成就并展現着美好的未來。

《安徽古籍叢書》的編纂出版，安徽大學『省古籍整理出版辦公室』發揮了重要作用。古籍辦的同志們長期堅守在古籍整理出版崗位，甘於清苦，默默奉獻，辛勤耕耘，爲《安徽古籍叢書》的編纂和安徽古籍整理出版工作做出了突出的貢獻。二〇一〇年，在『全國專業古籍出版社社長年會暨全國優秀古籍圖書評獎會』上，時任國家新聞出版總署副署長鄔書林同志作題爲《無愧歷史 珍惜時代 出好精品》的講話，指出：『安徽是堅持地方古籍整理工作最好的省份。不少地方古籍辦幾乎都撤了，或名存實亡，安徽則堅持不輟，并做了大量工作。』

黨的『十八大』從戰略層面提出扎實推進社會主義文化强國建設，豐富人民精神文化生活，『建設優秀傳統文化傳承體系，弘揚中華優秀傳統文化』。《安徽古籍叢書》立足鄉邦文獻的整理編纂，因應了國家文化建設的宏偉規劃，是文化强省乃至文化强國建設事業的題中應有之義。這項事業遠非一兩代人所能完成，正如一九八一年中央三十七號文件所指出的，『整理古籍是一件大事，得搞上百年』。

《安徽古籍叢書》煌煌巨制，結構開放，歷時久遠。回顧過去，出版較早的圖書有些已經絶版；叢書版式、裝幀也屢經變更。爲適應集中展示、收藏和研究的需要，對已經出版的《安徽古籍叢書》進行階段性的集中梳理，適當遴選，統一版式，影印出版本套叢書是十分必要的。

作爲首套《安徽古籍叢書》選編本，我們希望通過這套書的出版發行，能使更多的讀者瞭解、認識和利用好《安徽古籍叢書》，有更多的皖籍、非皖籍專家學者參與到安徽地方歷史文獻的研究整理工作中來，讓《安徽古籍叢書》在未來不斷發展壯大。這是我們在新時期安徽古籍整理出版事業三十年之際的殷殷屬望！

二〇一四年六月

凡例

一、本編從二〇一〇年（包括二〇一〇年）以前出版的《安徽古籍叢書》中選取文獻資料價值大、校點整理質量上乘、學界仍有需求的圖書進行重印。

二、二〇一〇年以後出版者因市場上新書尚多，此次不復列入。早期所版《文學研究法》《舊聞隨筆》《桐城文學淵源考·撰述考》《桐城耆舊傳》《爾雅翼》等雖均爲叢書的中堅，因已有修訂新版，此次亦不復列入。《安徽古籍叢書附輯》整體不予列入。

三、所選圖書按初版時間先後順序編排。

四、采用原版掃描影印，不重新録排，儘量保存原書面貌。原書頁眉中的明顯編輯錯誤，逕改不出校；《竇山公家議校注》《康輶紀行　東槎紀略》兩種原書無頁眉，現統一補加。

五、重新設計製作封面，統一規格、工藝。一律采用大三十二開本，精裝。《説文假借義證》一書原版爲十六開，一個頁面放兩個中國頁，此次按統一開本重新排版，一個頁面放半個中國頁。

並新附《説文假借義證索引》於該書書末，以方便讀者檢索。《毛詩後箋》《吴汝綸全集》《田間詩學》《説文假借義證》等原書規模較大，爲方便讀者閱讀，現重新分册。另，《竇山公家議校注》保留原書西式裝訂方式。

六、收録叢書文獻由於各種原因，還存在這樣那樣的不足，請讀者批評指正。

第四届《安徽古籍叢書》編審委員會

二〇一四年六月

方望溪遺集

〔清〕方苞·撰

徐天祥 陳蕾 點校

丛书常务编辑·杨应芹　诸伟奇
责任编辑·微之
装帧设计·宋子龙

安徽古籍丛书

方望溪遗集

（清）方苞 撰　徐天祥 陈蕾 点校
吴孟复　何庆善　审订
安徽省古籍整理出版规划委员会办公室编
黄山书社出版（合肥市金寨路283号）
新华书店经销　安徽新华印刷厂印刷
开本：850×1168　1/32　印张：6　字数：135,000
1990年12月第1版　1990年12月第1次印刷
印数：0001—2000

ISBN 7-30535-148-1/G·57　定价：4.00元

安徽省古籍整理出版規劃委員會

顧　問　張凱帆*　丁繼哲　王惠鵬　光仁洪　杜維佑　李天敏　李廣濤　胡　坦　胡雲龍　侯　永

崔劍曉　陶若存　張立一　傅大章　鄭淮舟　鄭　銳　潘鍔鏱

主　任　魏心一

副主任　陶有法　蔡德麟

委　員　吴孟復　金隆德　祖保泉　鹿世金　賈文昭　黎　洪　劉景龍

安徽省古籍整理出版基金會

理事長　崔劍曉

副理事長　丁繼哲　杜維佑　胡　坦　潘鍔鏱

秘書長　朱　揚　汪慎琳

理　事　田照臨　李庭榮　李炳忠　吴存心　汪石滿　沈基政　馬素英　孫智林　陳昌茂　陶顯斌

張其果　張金環　張振明　張繼忠　萬洪翹　鈕　漣　鄭英保　潘培咸

安徽古籍叢書編審委員會

學術顧問　王子野　吴小如　吴作人　吴組緗　周一良　周紹良　金克木　宛敏灝　胡道静　殷焕先

張滌華　舒　蕪　蔣元卿

主任委員　吴孟復

副主任委員　金隆德　施培毅　祖保泉　賈文昭

委　員　朱一清　朱世力　汪福潤　沙宗復　徐凌雲　殷呈祥　孫文光　梁垣祥　傅玉璋　劉學鍇

*以下按姓氏筆畫排列

安徽古籍丛书编印缘起

伟大祖国，历史悠久，典籍丰富。我省地处南北之交，学术尤擅其盛。数千年来，哲学、史学、文学、艺术、语言、科技，作者辈出，著述如林，或自名一家，或蔚然成派，多为中华民族文化之精华，有裨于社会主义文化之建设。允宜及时整理，以广流传。

粤自明清，以至近世，南北郡邑已有泾川丛书、龙眠丛书、贵池先哲遗书、南陵丛书诸刻。一九三一年，复有安徽丛书之编印，所收皆皖人著作，分期影印，出至第六期，以抗战军兴而中止。盛业未竟，论者惜之。

今者，中央倡导整理古籍，我省领导对此尤为关心。省古籍整理出版规划委员会几经商讨，决定编印安徽古籍丛书。最其体例，约有数端：一、所收皆为历代皖人著作，地域，以现行省区为准。时间，一般以成书于「五四」之前为限。内容，以文、史、哲为主。二、整理方式，包括辑、校、标点或注释，尤注意于稿本、稀见本之搜辑与传布。校勘，力求采用善本为底本，校以他书，或加补辑，编次。标点，采用新式标点。注释，务求精确，但不作烦琐考证。整理中，尽量吸收国内外研究的新成果。三、先秦、两汉著作及文字、训诂之书，皆用繁体字；其余则多用简体字。版皆竖排，以期一律。四、凡热心于本丛书编印及捐赀助刊者，得于书内题名。

安徽古籍丛书编审委员会

一九八九年七月

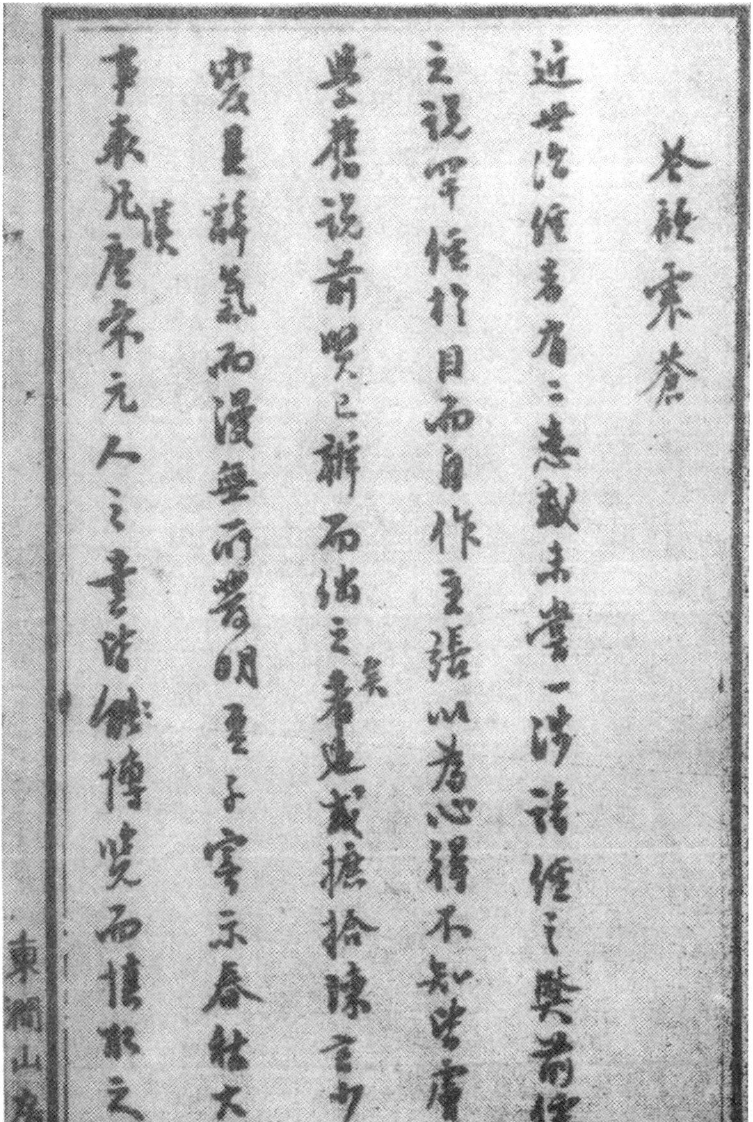

方苞手稿《答顾震苍》

其辨古事論古人實能探物理即寧人心曲懷
所以許為之序而不辭也而原諸書以求於今
則有證焉歸安嚴李文貞以周易通論說之屬
余序之時是書猶易稿寧未有所明卷屬未竟
亦無從繼不能室也蕭深張棠數寄未爲
是春秋書成以遣遠難致寄書言●之日本爲

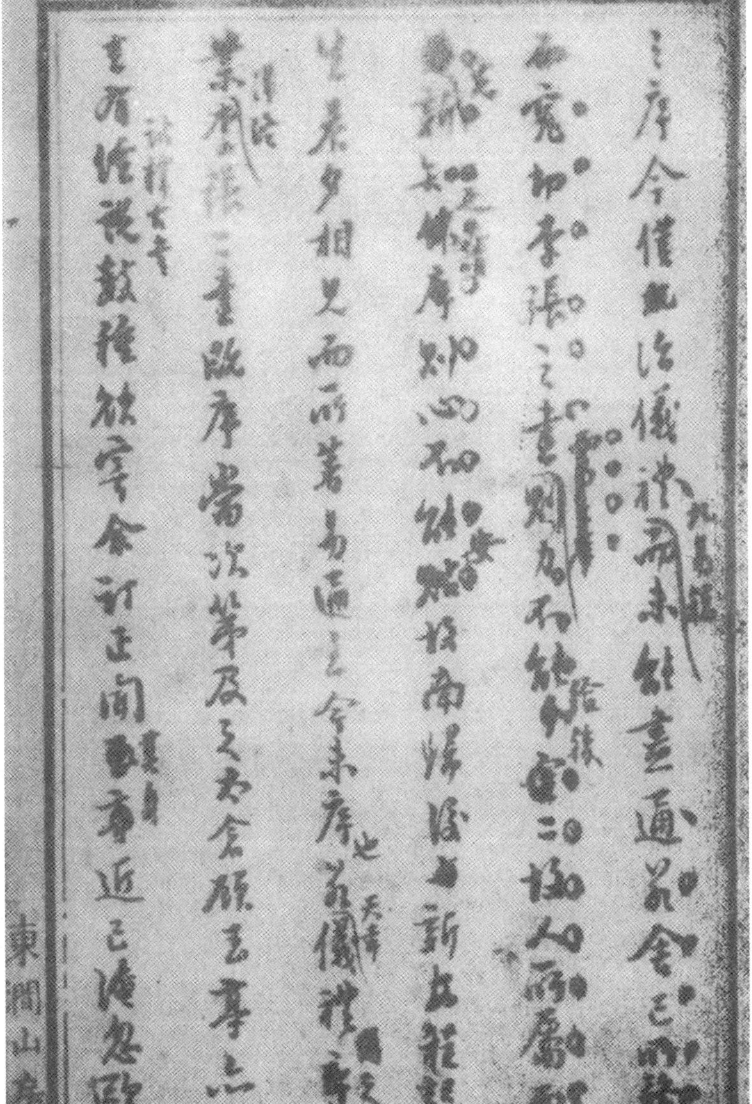
東澗山房

吾所云爲一生以盡心於文字者洵可悲也不識其
書已成否望可可久於宜向是處人傳不宜

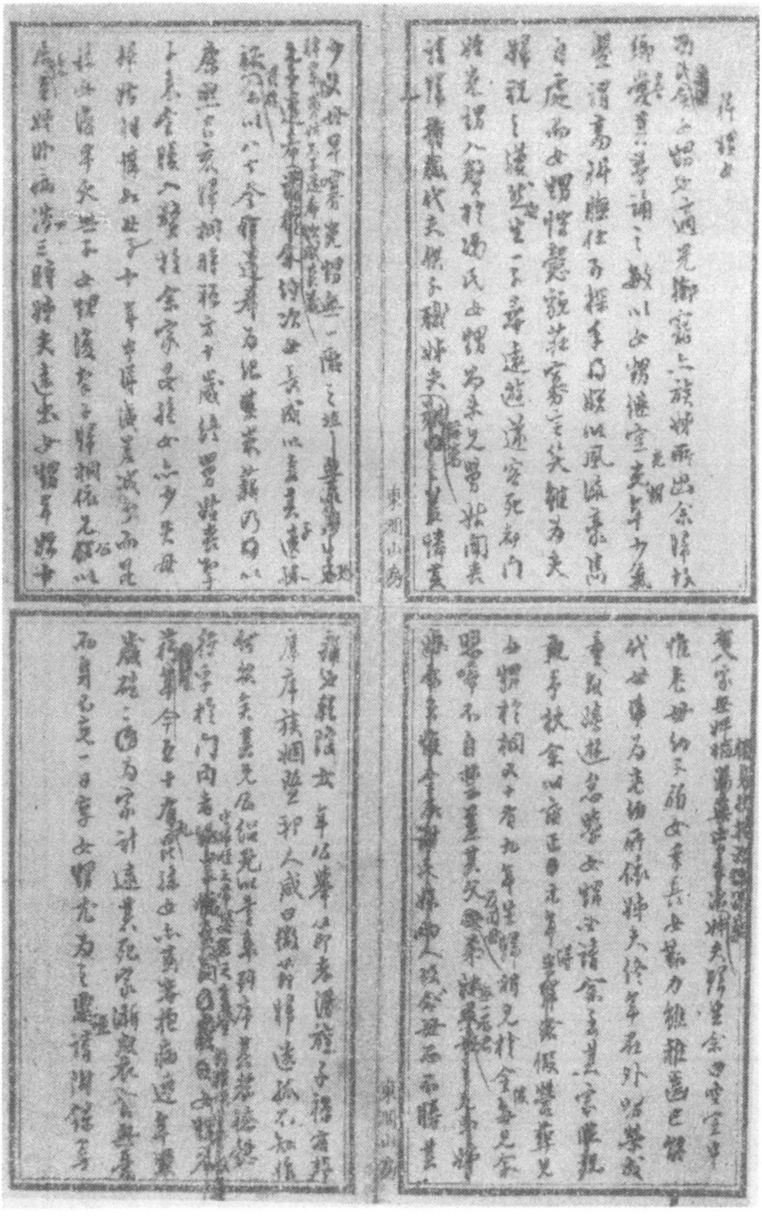

方苞手稿《苻甥女》

廷音臨建ゝゝ人康熙年外府江南巳三方巳

讀　命韓情要發碍催達江南聲害下

揚州府徽[illegible]民[illegible]

[illegible]

[illegible]

男然寄之大寔獄中人[illegible]

及無不果死今者[illegible]方[illegible]小渡[illegible]

死一[illegible]不[illegible]行[illegible]

[illegible]

方望溪遗集目次

奏议类

书牍类

赠序类附通论一首

碑传类

诗赋类

杂记类

附录一

附录二

方望溪先生遗集序

徐君天祥、陈蕾女士合荣成孙葆田及吾邑刘十枝丈(声木)所辑望溪集外之文一百余篇，诗十余首，编为一集，皆上海古籍出版社方苞集所未收者。方苞集所收才五百余篇，此增出四分之一；其中又多为望溪晚年之作，复校以安徽省博物馆藏、刘叔雅先生捐献之望溪手稿，订刘辑之讹误；又益以方氏旧抄望溪手批柳文评语。文苑遗珍，多至如许，先辈心血，赖以尽传，且加以标点，以便阅读。盛心宏业，三复赞叹！考清代学术之源流，论古文篇章之技法者，必将视为瑰宝；其有裨于文明建设，盖无疑也。

望溪「古文为国(清)朝二百年来作者之冠，迄今久而论定，天下学者并无异说」(孙序)。然而，近数十年来，耳食之徒，目未尽睹望溪之书，竟以与「理学」、「八股」混为一谈，妄加贬抑；而不知理学之所以为世诟病者，以其「假以欺世」，「凡治财赋则以聚敛，开阃捍边则目为粗才，读书作文字则以为玩物丧志，留心吏事则斥为刀笔舞文」(宋稗类抄)。而方苞之论经制，论地丁银两，论常平仓谷、漕运、荒政，皆有关于财赋也；泽望之征，苗疆之议，塞外屯田，台湾建城，皆有关于边阃也；三读通志堂经解，十治仪礼，校定乐、律、算全书，读书亦勤且博矣，作文更不待言矣；议开海口，论治浑河，议黄淮，议圩田，论禁烟酒，皆吏事也，而此集中之言吏事者尤多(下详)。望溪言之谆谆者，恰是号为理学者之所鄙为不足言而实则不能言者，其与理学家之假以欺世者，固截然有别也。惟言之有实，故与八股时文，亦无丝毫之近似。如以八股讲起承转合，遂以讲起承转合者，皆目为八股，有是理乎？夫理学之名，犹哲学也，其中派衍流分，得失不一。考之实际，则知望溪理学，实同颜李；而望溪所言之「义法」，又即今日海外所言「文章学」、「篇章语言学」之规律也。余在桐城派三题、再论桐城派诸文中，已反复论述之矣。今读此集诸文，益见愚论之不谬。此集之有助于知人论学，即此已可见矣。

请言望溪之学，同于颜李。

望溪自言「余从事朋游间颇得数人，其倜傥而不肯苟同于流俗者，则或庵王生、潜虚宋生」（送宋潜虚南归序）。潜虚者戴名世；而或庵则王源也。考之苏厚子望溪年谱，望溪年二十四交王源，其友戴名世、朱书等人之交王源，大约皆由望溪；其后，望溪又交李塨，且与王李两人易子而教。李塨撰王昆绳（源）墓志铭谓：颜先生（元）之学由王而传，由方而广。是李塨亦视望溪为颜学之传人也。而世之论者因望溪于颜李之排斥程朱，颇有诤议，因疑其晚岁异趋。今观此集中与黄培山书，其书作于望溪「告归五年」，即年近八十之时。书中言及家祠「左厢有小屋三间，将以敦崇名堂」，祀其「四友」，所谓「四友」者，刘捷、张自超之外，惟王源、李塨两人耳。刘张是死生患难之友，王、李为学术道义之交。望溪之与颜李始终无间，于此可知。耳食者之谰言，不攻自破矣。

窃尝考之，颜元之学以经世致用为旨，以「礼乐兵农」为重，以知行合一为归，近人指为实用主义，其一端耳。望溪一则云：「古之治道术者，皆以有为于世也」（循陔堂文集序），再则曰：「所以备天下国家之用者，皆吾性命之理而不可以苟遗者也」（与某书），即以礼乐兵农而经世致用也。故必「用心于物理之实」，而「于设施数变之后，皆究知其利害」（过济宁别杨千木）。此集中，与顾用方、与德济斋、答陈可斋、与执政、与蔡太守诸书，言河工，言救荒，言保甲，言屯田与设防，言察吏与防奸，委曲周至，实学实政，虽使颜李言之，未必能以到此，是岂空谈唐虞三代之理学家所能望其万一哉？其言皆颜李所欲言，其心亦即颜李之用心。其与颜李异者，只在于不排程朱耳，即年谱所谓与李塨论格物不合者也。朱子言格物穷理，兼重读书，而颜李强调「做中学」，以读书为玩物丧志，仅就此一节言之，朱子所见，实胜于颜。颜先生之说，虽出矫枉，实亦过正。望溪则以为「古之人之教且学也，内以事其身心，而外以备天下国家之用，二者皆人道之实也」（与某书）夫礼乐兵农，岂有不读书而能通其学、济其用者哉？且望溪以颜先生与朱子如子游、子夏并为孔子之徒，其不排程朱，而亦未尝菲薄颜李，尤为较然明白矣。

全谢山作望溪神道碑铭，力阐其「拳拳为斯世斯民之心」，今观此集诸书，恺悌慈祥，叮咛反复，益见其用心之苦。观其与顾用方书，所以杜「小径」、防吏弊者，思之至周，言之至详，乍视疑近琐细，细思弥见苦心。而其平时之留心吏事，遇事之勇于进言，于此亦可见其实学与素养。不然，彼仕宦者犹「不思所以负责于人，而惟其身之利」，而望溪以八十老翁，身居局外，乃汲汲代谋如此，则有民人社稷之责者，岂可不自返而深思之乎？其与蒋相国书又言：「先王之制，士传民语，俾得层累而上」，则所以进言者即民言也；与顾用方书又言：「但恐所谓贤不肖难得其实，必验之民所向背乃可凭」，其所以叮咛反复者，即民意也。其与尹元孚言「于君不敢欺，于事不敢诡随，于言不敢附会」，亦皆为民也；故又曰：「古之能自树立者，必视穷达、险易、死生为一贯」（答刘任邱）。不然，苟有患得患失之心，即不能为民言矣。惟其诚于中而形于外，故其文为有本之文。

请言望溪之文，异于时文。

至于时文（八股）之弊，集中言之尤切。答友书中云：「世之人才，败于科举之学千余岁矣，而时文则又甚焉」，又言「自始应举，即不喜为时文」，只不过「以授生徒强而为之」（李雨苍时文序）。又云：「文章者，士之末也；时文者又文之末也」（陈月溪时文序）。其于时文（八股）可谓深恶痛斥之矣。

时文之所以足恶者，在其空虚与庸陋。望溪言：「古之人之教且学」，「皆人道之实」，「自记诵、词章之学兴，而……为之虚矣，自科举之学兴，而记诵、词章亦益陋矣」（与某书）。惟其着眼于经世致用之实学，故无裨于实用者皆不足取，而时文之空言烂调，斯更陋焉。然实者难至而空者易言；故人之急于求成而又不欲费力者，每多遗实学而务空言。然苟遗实而务空，必皆为理学之伪与时文之庸，故望溪所论，足以启人深思也。不然，为古文以至为白话，苟其空疏庸陋，又何异于时文哉？故曰：「专于文者，则所以为文者无其本矣」（循陔堂文集序）。

虽然，为文又当有法。后于望溪之焦理堂（循）言：「不学则文无本，无文则学不宣」（家训）两者关系，言之最晰。此集中与吕宗华书、再与宗华书及与夔州皆言古文义法。前两书论叙事剪裁与发端之难，后一篇言作记之难与选词之雅。前两篇与前集之与孙以宁书合观，可以得文章之体要，见篇章之法则。盖文之成章，必有章法，而纵横变化，层出不穷，则又非法之所能拘也。时文者，以东坡策论为傍依，制为一定之模式，范天下之步趋，汩作者之灵性，陈陈相因，蹈于庸腐，所以不足观也。然因此而以文之头尾完具、层次清晰者，皆目为「苏轼、吕祖谦教人策锋之法」，则未免因噎而废食矣。昔之崇尚魏晋而鄙薄「八家」以及「桐城派」者，自为之文往往诘屈聱牙，缭绕杂乱，吾未见其彼胜于此也。然由持论者多为博学通儒，耳食者遂亦随声附和；而为「桐城」之文者，又往往见闻狭隘，无所挟持以与之辨，或辨之不得其方，亦遂无以服人。于是言语法者，大抵至句而止，篇章之规律，无能言之者矣。近年以来，欧洲有文章之学，篇章之学，言语言者诧为神奇，然细审之，大抵皆望溪、惜抱诸老之所曾言者也。彼之薄为「策锋之法」者，实乃语言之常规，篇章之通例也。

望溪与夔州言用佛语则不雅，指钱谦益之文为足「令人㱿」。世或不以为然。吾尝阅夫初学集矣，彼其中「三眼怪」、「五郎神」、「请雷立狱」、「天人眼目」、「相锡打瓶」，是成何言耶？且方姚所论，其禁忌尚不止此一端。凡翰林旧体、六朝俪语、注疏用语、小说隽语、尺牍套语等等，皆在禁忌之列（见沈廷芳书望溪集后及吴德旋古文绪论），此尤为世所诟病。然近日言语言学者，有「语体」一说，其说来自西方，而吾国汉语教材今已列为专章讲述。其说以为「文艺语体」不同于「学术语体」与「政论语体」、「应用语体」；而「文艺语体」中，散文又不同于诗歌、小说；散文中复有各家各派之分。回思方姚所论，恰与今日科学理论相符。盖言「语体」之分者，望溪其最先者也。故望溪论文，异于时文，而冥契于科学。其识何其卓也！此集中，若进律吕正义表，若为子道章求婚鹿氏启，皆用翰林旧体，骈语俪词，与望溪平日所言恰恰不同，盖题目异而语体亦异，言各有当耳。其他赋颂之文、应制之诗，自今视之，诚若无用；然亦可以用资比较。有比较而后有鉴别，兼收并蓄，是谓无用之用也。

总而言之，望溪治学，同于颜李；望溪论文，合于科学。此其所以冠冕一代，历久不磨；而世乃以一家一派视之，则测之浅矣。且吾昔闻之姚仲实师矣，师之言曰：宗派之说，「出于乡里好名者之私，而播于流俗人之口」，不特望溪、惜抱未尝有立派之意，吾师亦斥书目答问分列「桐城」、「阳湖」与「不立宗派之古文家」者为非（见文学研究法），先辈公心，不欲示人以隘也。今读此集，益知望溪之文，通用于说理、论政、叙事、抒情，为体严而为用溥。为体严故讲义法；为用溥，故适用于各种文体，即不特为研究文学史者之重要资料，且为一切从事文字工作者（包括作家、学者、秘书、编辑、教师、学生）所当取资。胡适曾言：「桐城派」之成绩，在于「把文章做通」，而学「桐城派」者易于写出通顺之文（五十年来之中国文学），亦此意也。而况此集诸篇，文艺之外，实兼学术、政论、应用诸体，书牍一门，尤为人人所常用者乎？则徐陈二君之编此集，其用尤宏矣！吴孟复谨序

方望溪遗集

序跋类

丧服或问补

大夫之适子为君夫人大子，如士服，何义也？古者，孤卿、大夫、元士之适子并入于成均，舍不帅教而屏之远方，鲜不为士者。故虽未仕，而掌于诸子，董以师氏，令于宫伯，国之休戚一与有位者同之。[一]而况君夫人大子之大故乎？

然则，士之子何以异也？古之服丧者，必舍于公宫，邑宰之士犹既练而归。孤卿、大夫有室老私有司以承家事，故其子可持服于公宫。若士之子亦如之，则室家之计、天属族姻疾病死丧嘉好之事，孰代承之？此先王制礼所以称物缘情而尽人之性也。[二]

然则，与国民奚别焉？父有服宫中，子不与于乐，则与国同忧之日远矣。

[一]「同之」下原注：「诸子职国有大事，帅国子而致于大子，惟所用之。若有甲兵之事，以军法治之。会同

宾客，作以从王。宫伯，掌王宫之士庶子、凡在版者，有大事，作，宫众，则令之。」

〔二〕「性也」下原注：「非元士之适子不入于成均，非贵游子弟不学于虎门，皆势有不行。」

陈榕门周官析疑序改稿*〔一〕

自程朱二子谓周官非圣人不能作，而后儒终若蓄疑于其心。盖因王莽用之以亡汉而自亡，安石用之以败宋而自败；且其中数事实悖天理，逆人情，虽暴君污吏有不忍为，而无以为之解。桐城方望溪先生读汉书王莽传，见莽之乱政皆托于周官，而周官之文若一一为之端兆，始悟公孙禄数刘歆之罪，以为颠倒五经，使学士疑惑，此其显见者也。乃作辨伪二篇，以发莽与歆之奸心，辨疑八篇，以解欧阳氏、胡氏诸贤之锢蔽，昭如发朦，闻者莫不心帖。

余为庶常时，先生荐入武英殿书馆纂修。公事之暇，时以周官疑义与吾侪讲议。大抵前儒训诂多就事释文，而先生则别求所以设是官、分是职之意，是乃朱子所称周公运用天理之实也。又尝谓：井田封建，地皆世守，民有常业，故地官中政令愈详愈密，教泽之渐民益深；以付州县之有司而受成于隶，则奸蠹丛生，非法不良，时势异也。至其根源，所以尽人物之性而制万事之宜者，则百世而不易。有或悖之，用必窒而害延于民。用此知是经之广渊，实兼二帝三王之道法，而以试于一乡一邑，随事可布实德于民。自有先生之说，然后，周公平易近人之心，朱子运用天理之指，昭揭而无疑焉。余自翰林改官吏部，不得与先生数晨夕，乃备录五官之说，箧而藏之，时复展视紬绎，以为他日赋政临民之规轴云。

【一】直本题下原注：「改稿」作小字，盖陈为望溪书作序，望溪有所修改者。

书大学平天下传后

朱子有功于先圣，莫大于四书。大学注乃晚年所定，而此章谓慢与过为「知所好恶，特未尽好恶之道，盖君子而未仁者」，似尚未得传者之指要也。夫「见贤而不能举，举而不能先」，是惮正士而苦其直方也；「见不善而不能退，退而不能远」，是利奸人而嗜其疾味也。如是而天下事尚可言哉！天下之平，本于人君之心，絜矩之道，所以平心而同其好恶于民，乃君子慎德之实事也。媢疾之臣必务蔽君之明，以败其德。所恶所违者在「有技」「彦圣」，则所好所达者必不善不贤。由是长君逢君，而君之心即于骄泰而不自知；枉民剥民，而民之心竞于争夺而不可止。众心之失恒于斯，天命之弃恒于斯。故必能放能屏，然后于君为仁，于国为义；则不能退不能远者，在君为不仁，在国为不利。特其蔽有浅深，则其灾害亦有大小远近耳。传于辟之甚为「拂人之性」者，以为「灾必逮夫身」，则慢者过者虽幸免于身为天下僇，而子孙黎民之不能保也昭昭然矣。特以远及其子孙，或更有能平其心以式于道者，则众心未尝不可回，天命未尝不可挽，故不得为必然之辞耳。若知所好恶，而未能尽好恶之道，则惟汉之文帝、宋之仁宗始足以当之。其慢且过者，则汉、唐、宋、明之末造亡征覆辙一一可按也。若以是为「君子而未仁」，则遗毒无终极矣。

且言各有所当也，与小人之立心对观，则君子中或有厚于义而薄于仁者。若人君之好贤恶不善，则所分惟仁不仁。「不能举」「不能先」者，以其诚心本不好也；「不能退」「不能远」者，以其诚心本不恶也。是不仁之未骋以至于极者，而可与仁者相差次乎？抑吾观传者于明德新民以尧、汤、文、武为极，而下逮于淇澳之诗，谓武公之事，中材皆可思而得、勉而几也。此传于天命人心，犹举诗书以证之，而余所称皆衰周之方志，盖谓娼疾之臣之为子孙忧。财聚而民散，则府库非其所有，事尤浅近。虽列国之中主，季世之庸臣，犹怵然为戒，则独迷而不悟者何如人哉？而能终宴然于民上乎？此又传者不言之隐义也。

读管子自记后

余初至京师，见言古文者多称钱牧斋。偶言其体伪杂，屺瞻曰：「牧斋后更无可者矣，并世诸公俱所深诋。」兹评盖微词也。屺瞻好面诘人过，朋游多苦之；而余独喜闻其言，可用以检身。因时置鄙言于宿松朱字绿所，使背面发其瑕疵。此篇乃字绿传致者，其少可而多否，亦甚有益于著文者，故述而志之，以示如斯人正未可多得也。

循陔堂文集序

古之治道术者皆以有为于世者也。故得其志，则无所为书；其以书传，皆不得已于世而有言者也。周秦间，诸子所学虽多驳，而善择之，则皆有当于实用。自汉以降，文之成体者数家，其于道虽不能大有所明，而述古义，陈时事，必有为众人知见所不及者。其间，杂家文不能成体，而持之尚有故。惟明之兴，学者尤以文为贵，士大夫少著名字，必有集行于时，而未几已澌灭无余；其杰者亦若存若亡，精气不足以自振于世，盖其设心务学之初，即专主于为文，则所以为文者无其本矣。

余少与歙县吴东岩交，观其人，类有道术者。年近七十，始出其所为循陔堂集示余。其论钱币，以为白金之行，特盛于有明中叶，而民患皆自此生，及丧奠用七之违礼失义，皆前之人所未尝及；其他辩礼俗之流失，警人心之昏蔽，无苟作者。呜呼，是所谓不得已于世而有言者欤？歙俗：丧自外至者，不以殡于宫。君之母卒于吴，君奉柩入自门，升自阼阶，入适所，殡如礼经。其堂名「循陔」，痛不得于此养也。夫君之学笃于古，而又能达于世事如此。使其志得行，岂于世无所损益者耶？而穷且老，徒以其文传，世之人又未必能知其有当于实用也。后有君子可审择焉。

治古堂文集序

三代以前，学者恃源而往，故周于德明于政者，未有不达于辞者也。三代以后，学者溯流以寻源，故优于文者，其行于身，施于事，必概乎有异于恒人。盖其诚心欲自奋于文学，则朝夕所循诵非圣人贤人之言，即前古成败兴坏之迹也；所与游处必一时博闻有道术者。如是，而为不义，则内愧于心，而外惭于友朋。若夫仕而不学，进则役役于持权者之门，退则寄意于声色技术而与宵人狎，其志安得不日昏，行安得不日毁哉！

坦安吕公既仕而于学弥笃，治古文，凡士之抱学与文者，必昵就焉，若惧其不我欲也。其为文所取甚博，而义理一轨于儒先，其大者盖有辅于道教，而小者亦多所开阐，非苟焉以文藻自矜者。公在台中以正直著称，其后渐历通显，二司农卿，遭时太平，循分举职，虽无赫赫之功，而数十年中无一事为众所瑕疵者。其家居，则孝友忠信式于乡人而声远闻。虽性资所禀之厚，抑亦务学求友之助也。

余知公之文，旧矣。公既没，其子宪曾以序请，故因论公之文，而并及其行于身施于事者，盖有由然。士之释褐趋朝而遂谓学非吾事者，闻公之风，可以怵然而自失矣。

半舫斋古文序[一]

癸丑岁，高邮夏君醴谷捷南宫，文名藉甚，而未与木天之选。时予教习庶常，以三江五湖考命题，醴谷为文示予，见其援据精确，气色渊古，窃谓时贤远不逮也。嗣予删定唐宋八家文，醴谷间出议论，与予相辨难，往复至再三不厌。虽所见略殊，而指归不异，予益重之，知其酝酿者深矣。后醴谷举鸿词科，历奉天子简命，膺校士之任，著述日繁，波澜愈老，视向之所为殆有进焉。余益叹醴谷之邃于学，而其传将浸广也。

往者，姜君西溟与予论古文之学，至前明而衰，至本朝而复振。今醴谷崛起于后，以嗣兴为己任，择而精，语而详，骎骎乎与侯魏诸子比烈，其亦昌黎所云「能自树立、不因循」者与？披阅之暇，为书其大略而归之。望溪老人方苞。

〔一〕直本题下注：「此文从原书（指半舫斋古文——校点者）卷首录出。」

李雨苍时文序

余自始应举即不喜为时文，以授生徒强而为之，实自惜心力之失所注措也。每见诸生家专治时文者，辄少之；其脱籍于诸生而仍好此者，尤心非焉。凡以时文质者，必以情告：未暇及此。

吾友雨苍善言古文，所见多特出于众人之表，与之辨义理，尚论古人，其胸中之奇，不可探而竭也。一日，以时文数篇诣余，余责以敝精神于蹇浅，雨苍曰：「子姑寓目焉」。退而发之，朗然心开，惟恐其篇之终也。次第索观，积至四十余篇。盖其胸中之奇发著于此，凡语涉伦纪，恻然足以感动人之善心；其陈古义以觉愚众，使观者耿然如有物于胸中。噫！孰谓时文而有是乎？即以是为雨苍之古文，可矣。

虽然，吾终为雨苍惜之也。盖诸生家见之，既谓不足以合有司之尺度，而脱籍于诸生者又概以为时文，而不给视，是以有用为无用也。使移此而发之于古文，其暴见大行于后而增重于文术者，何如哉！吾愿雨苍之治时文以是为终而严断焉，可也。

陈月溪时文序代

柳子厚云：文章者，士之末也。然立言存乎其中，即末以操其本，可十七八。时文之体晚出，又文之末也，而其道尤难。盖诸体之文各自抒其指意而已，而兹以代圣人贤人之言，非要于理之大中，不可施也；理正矣，苟非心之所自得，而猎取先儒之说之近似者，以自粉泽，亦无取也；明于心，当于理，而天资之材不足以达之，诵数讲问不足以充之，终不能以自振。甚矣，其成之难也！及其既成，则文之体格意度莫不与其人之性行规模相似，是所谓存乎其中者也。

余夙闻安州陈鸣九先生学行重畿辅。康熙五十□年，承乏令正定，而先生适掌教事，命其次子月溪从余游。其学知取原于经，其为文泛滥子史，而以北宋诸家为宗。久与之处，又识其行身植志之不苟也，每语人曰：「陈先生所蓄积，其发于生乎？」生年虽少，以为诸生知名早，再上公车，恒负屈称。及雍正二年，升于礼部，廷对遂冠上甲。众乃信余言之不谬，而余亦自喜所期于生之信有其征也。

虽然，文章者，士之末也。时文者，又文之末也。生虽以是角能而屡克，而以观古人，则所谓文者，岂惟生之所已能乎？生既资古圣贤人之言以自献，又际我皇上政教维新、群材奋兴之会，继自今，世之所责于生者，将不独修于家之质行也。试观北宋诸家之文，与其人平生之性行、立朝之规模无不相似者；生慕其文，则宜知其所存于中者矣。况文与所存于中之每上者乎？然则，继自今，生所以继先人志事，而无负师友之所期，则更有难焉者矣。与生同学者将刻其时文，而请序于余，乃书以勖之。

刘梧冈诗序

余平生游好多得之远方，而故里则甚稀。盖自弱冠奔走四方，以谋衣食，非丧疾不得家居，虽闻其贤者，未暇从之游，凡所知，皆童子时朋游于庠序者也。

往者，吾友退谷论次时文，多称引刘君梧冈语，余心识之。而梧冈居江□，数授徒远方，无缘合并。及雍正二年，余蒙赦宥，请假归葬，始叩梧冈之庐，而以他出辞。退谷曰：「曷再往？」即相见。察其容貌辞气，而异其非时文之士也。乃邀退谷与行营山泽间。酒酣，退谷辄诵梧冈诗；梧冈亦自诵其诗。其格调熔冶于古人，而胸中块垒时郁然流露于语言之外。间叩以诸经疑义，问答如响，然后知梧冈非独为诗人之秀也，因太息恨相见之晚。而梧冈相视而嘻曰：「吾与子相识久矣。」盖余童子时始试于县令，即与梧冈偕，视得交于退谷乃先焉。

余平生好为山泽之游，而苦不能为诗。他年若得归休故里，与梧冈、退谷逍遥于名山广壑间，中有所得，则假二君子之诗以出之，其乐何如！梧冈以诗属余序，因书以报之。

徐蝶园诗集序

众人之于仕宦，常逐逐而不□者，彼上之不求所以自致于君，下之不思所以负责于人，而惟其身之利焉，故操之则栗，舍之则悲。君子难进而易退，非以为名也，所见者大；故其进也，常觉其志之难称；而其退也，如释重负然。昔欧阳公生北宋之隆，遭时行志，功见而名立。自世人观之，不可谓非仕宦之满志者矣；及读公思颍诗，然后知公之胸中固有欿然不自足者。古之君子自待厚而不欺其志者类如此。

徐公蝶园方少壮为憸人所搆，罹刑祸，毁身家，百折不回，颠沛劳辱，处之若素。及晚岁与余交，则已被上知遇，出秉节钺，入参帷幄，信用体貌，班联中莫与比并。而自视常缺然，惟以过不得闻为忧。非自待厚而不欺其志，焉能及此乎？间出其诗属余序。观其前，无哀怨之音，暨其后，无欢愉之言，而仁孝忠诚时溢于笔墨之外，盖其性也，岂期退□以待老而务自暇哉！良以居高位，受主知，任天下之责，而大惧德业之弗终耳。故吾序公之诗，而备论平生之志事，以示后之读其诗者，而又以使公益厉其初志焉。

关公训言序

董子曰：「正其谊不谋其利，明其道不计其功。」程朱宗之。其教人以为善而去恶也，必先夺其祸福之见。故近世劝善之书主于事应者，多为学者所排摈。然程朱之说，盖究极乎天道人事之变，故必决去学者私意之伏藏，而后可以顺性命之理也。易曰「积善之家必有余庆，积不善之家必有余殃」，书曰「作善降之百祥，作不善降之百殃」，则道其常，使中人以下皆知所劝惩以定其趋向，其义实两行而不相悖也。

夫学者日诵程朱之说，然能笃信力行，而不少留其私意者几人哉？而欲以达于农工商贾、妇人孺子，难矣！关公训言不知所自始，相传以为术者降神而录其语。兹复辑奉行者之事应而绘之图，以刊布焉，使览者披其图以传其事，虽不晓文字者可以口授目视耳闻而相感动也。

夫房中之乐，女妇之常事也，而周公用之闺门、乡党、邦国，以化天下，吹豳诗，击土鼓，逆暑迎寒以劝农者，是编之作亦此义焉耳。学者果能尽性命之理，自无取于此，然亦何事排摈，以阻中人向善之志与？是为序。

孙文正公遗书序

高阳孙文正公文集一百卷、奏议三十卷，生时已行世。兵火之后，归安茅元仪得之颓垣败屋中，南枢范景文刻而传之。公自记历官旧事四卷，定兴陆善继所记前后督师之略二十六卷，皆已锓板。公既殁，奇逢既纂公年谱，公之孙将刻督师事宜、车营百八叩，属余为序。

此公天启初当关部署宁远前屯，招兵秣马、布营垒、数军实之簿籍也，而根柢济用之实即于是乎存焉。盖方是时，化贞逃，廷弼退，奉命经略者皆视为必死之地，惶惧迁延而不敢前。自政府中枢以及关内沿边军民，皆欲尽弃关以外土地人民，苟保关门而不可得矣。自公之出，守战之规模立定，不震不惊，不急不遽，若农之有畔，若网之在纲，百将一心，三万众齐力，期年之后，不可胜之形成，而进取之机已伏。此真所谓三代之师旅，大儒之远猷也。

公之始仕，志气即忾乎海内之名贤，不待事业而显；其既试也，功勋震动乎中外之耳目，义烈常留于万世之人心，亦不待纪载而传。然是二书，实整军经武之成法，持危定倾之老谋。故公既罢，赖公遗教以支柱者犹数年。逮公之法尽废，所用之人尽亡，而国势遂必不可为。后之有志于经世之学者，能一一切究，而识其精神所运用，则虽遇大敌，临险艰，不致仓皇而失所措矣。

济生语录序

自禅宗既开，凡学佛者所谓守戒律，诵经号，一切皆为末迹，其心之精微非言语文字所能传也。而自唐以后，以禅名于世者，其弟子莫不记其师之所受于老宿，所宣于徒众，以为语录。凡据名山古寺、通都巨刹称大师者，人各一编，不可选记。以其理超于形声法象之外，故其相问相答，可意会而无所稽循，不可究诘，则窃其近似以欺愚俗者亦不少矣。我皇上圣明天纵，灼见性道大原，以佛之理清净可以养心，慈仁可以利物，万几之暇，时用息游，探厥清源，凡自古名僧语录之传于后者，其诚妄浅深、出入离合，毫厘分寸不能逃于圣鉴。余以朝夕承事，得奉训诲，以自治其心性，警觉提撕之下，苦思力索，久之，亦微有见焉。间与佛子语，其胸中实有知见与窃其近似者，亦略能辨之。

扬州学佛者定悟呈其师济生语录请序，余间一翻阅，所守甚正，所见亦实，盖概乎其有闻，而非雷同剿说以取名于世者。然吾闻济生寻师问道，每依会下，必执苦身之役，为众所难任者；及名称大著，达官贵人迎主讲堂，多辞不就，或暂留，寻复他去，于声利避之若浼。然则其超悟皆自实行得之。定悟诵师之言，则法其操行，而终始勿渝焉，可矣。

黄宗初谱序

吾友退谷以所定黄宗初谱示余。始祖以迁于金陵者为断，迁于金陵者以丘墓为征，或世著而名佚，弗敢饰也。纪其世，纪其名，纪其配，纪其葬地，外此无及焉；虽祖若考之质行，无溢美之言。其能绝去世俗之情而足为后法，如此。

夫天下事苟一以义理处之，未有不得其安者，而众每以为难，则世俗之情累之也。退谷少窭艰，所以务学勤身，而事其父母也难；及其长也，克己存爱而化于兄弟也难；及其老也，仕方通，相知者比肩津要，可计日得美仕，而毅然告归，以治丘墓、序谱属，尤世俗之所谓难也。而退谷则胥无难焉者，一断以义理而已。

退谷语余，其一世二世三世墓，告归后始求得之；又访之宗老，谱分于浙之永嘉，自前世常相通，将往求上祖之失名者。盖不独其谱可法，其艰难而成此谱，尤可法也，岂惟黄氏之子孙展是谱者，当凛然于退谷尊祖敬宗收族之义哉！

刘氏宗谱序

吾桐多名族，而刘氏居其一。盖诗礼相承，不事声华，而世多文士也。刘之先有名祀者，以太学生与修永乐大典，宗谱得锡宝玺。自是厥后，子孙绩学种文、诗文名家者代不乏人。但其性多恬退，抱膝长吟菰芦间，不乐与贵显者接，故声施不甚显。昔北地主盟词坛，烜赫一时，而归熙甫以老举子抱遗经于荒江寂寞之滨，声光暗淡；迨荣华销歇，熙甫之文独留传宇内。乃知诗书文字之乐，南面王不与易也。

余家世居龙眠，与刘氏代有姻娅，故知之独详。乙卯夏，儿子道章以事还桐，值刘氏修葺世谱，以书来告曰：「刘之诸君子欲得大人一言，以光家乘。」夫余之言乌足以重刘氏之谱哉！

先王之以亲睦教天下也，既画井田，又联之以德，立为宗法，使之合族而食；序以昭穆，冠婚则告，丧葬则赴，岁时伏腊，揖让进退于宗子之庭，风何古也！自宗法亡而谱牒以兴，盖谱以继宗法之穷，尊祖而收族者也。世风不古，于显赫者则攀附之，而五服之亲或至等于行路，先王亲睦之风荡然矣。

吾闻刘氏之谱，直以迁桐者为始祖，而他无所攀援。于各支之子姓，婚娶生卒必书，有子无子必书，而至亲则尤加详。其嘉言懿行作为传赞行状以阐扬之，若迁、固之序传，灵运之述祖德焉。其有荡闲逾检者，则直书其事以垂戒，而略不为之讳。是谱也，岂惟可以昭示后人，而亦凡作谱者所当效法也。通议大夫内阁学士兼礼部侍郎同里方苞拜撰。

龙溪蔡氏宗谱序*

以余所闻见，百年之中，金陵宦族富家未有再三传而不敝者。论者咸谓江流赴海，至此有泄而无蓄，盖地脉使然，非也。自江左偏安，士大夫好清谈，以风流相尚，礼俗遂渐于习尚，加以山川平旷，多名园古刹、清池异石、老树嘉葩，自始春以至杪冬，嬉戏观游之节会，无月无之。惟盎无斗储，笥无完衣，然后为士者始伏案吟诵，以望科名；行贾者冒险艰，忍饥劳，以冀赢余；坐列负贩者纤啬筋力，以累锱铢。及父兄既得所欲，则子弟安居暇逸，惟知胜地良辰之可娱，甘食美衣，争鲜斗妍，而欲其学业之不荒，资产之不耗，得乎？

宋南渡时，蔡氏自河南考城迁龙溪镇。至明末，讳二周者始举于乡，官兵部郎中，子姓相承科甲不绝者凡四世，故金陵称为故家。其家方隆盛时，以上祖坟墓多迷失，支派名字莫详，未敢为谱。□□□□司马之曾孙也，念迷失者既不可追，而近支繁衍，自司马起家为大夫，已为宗子，不及时为谱，吏将焉待？乃于窭艰中矻矻求坟墓，访宗派，积二十余年，而后世次迁徙卒葬之大概始可序列。谱既成，无意中又得先世坟山一区于句容县□□□。噫！思之而不得，鬼神将通之，岂不信与？

□□，亡妻之弟也，请序其谱，情迫而辞哀，故不得已而有言，因究论金陵之礼俗，以为法戒。其前此之由炽昌而衰耗，有一不应于余言者乎？然则，后此之所以光启其宗社者，居可知矣。自晋氏之东，王谢二族衣冠人物为世所崇者，垂三百年，岂地脉与今有异乎？微独蔡氏，凡生长于兹土者，皆可以自强于人事矣。

题韩宗伯家书

慕庐韩公外迹似两晋名辈，而立朝大节，避权势，砥砺廉隅，则东汉诸贤之风规也。汤文正每言中朝正人，必首公。

癸未首春，公扈从南巡，余往送。亲宾满堂，独肃余至特室，自言生平甚悉。逾年，公遂殁。叩其遗事，子若孙或未知。每见曾与公共事者，省公所为，则多公与余言所未及也。

乾隆五年，公第六孙曾持公长礼部时诫诸子手札，请题简端。事琐辞质，而关于人道者甚深。公之行身，即是可概见矣。曾也勉之！毋徒以珍重手迹为「无忝尔祖」也！

题教子图

周官大司徒：「正月之吉，悬教象之法于象魏，使万民观教象，浃日而敛之。」

天官及夏秋二官亦如之，惟春官无文。盖礼职所掌，其用在郊庙朝廷，故执事者自肄于官府，若治教政刑所以示万民者，则揭其法并图其象，而悬之象魏。然后，民之秀者喻其义，朴者睹其形，耳濡目染，虽妇人小子可以与知焉，此教之所以易入而渐民者深也。然欲民之帅吾教，必执事者身为之倡。故四官之师，又以正岁帅其属而观焉。

胡君□□为其友沈君□□索题教子图，六七而不倦，余无以谢焉。易于家人之象曰「君子以言有物而行有恒」，盖欲成教于家，必身为之仪，然后可则而象也。沈君教子而为之图，殆欲其子朝夕观焉，以兴于教；亦自观焉，而正其所以教也与？胡君年甫壮，有子八人，其天性抗直，给事勤敏，盖进而至于显仕也，不远矣。故因题是图而为举易象周官之义，使知爱子者必教以身；又知古之教其民，常不异于教其子也。

题卢忠肃公象升读礼图[一]

噫！此斗瞻卢公军中读礼图也。彼绯袍入政府者，其有愧于此夫？桐城后学方苞拜题。

[一]直本作卢忠肃公象升读礼图题字。题下按：「此文从卢忠肃公全集卷首录出，原文系侍郎八分书手迹摹刻。」

奏议类

拟限臣民葬期劄子

臣闻：古者葬各有期，过时而不葬，则服不除。此孝子之所以笃其恩，先王之所以厚其俗也。以臣所闻见者征之，寒素贫民皆能及时以葬其亲，而荐绅士族乃有淹至数年数十年之久者。其故有三：一则惑于风水之说，妄以先人兆域为子孙福田，沙水背向，阴阳拘忌，动经年岁。二则溺于奢侈之俗，必遍招亲友，穷极仪饰，备列金鼓声乐，广陈僧道百戏。富者以相夸耀，而贫者亦用为羞。中人之家非破产重贷，不能举葬。三则格于成例，京官告假有六年、十二年之限，外官则一经离任，补选无期。是以迁延底滞，或遭事故，致有屡世而不葬者。

我皇上大孝锡类，御极之初，首谕大臣酌定丧葬之礼，以厚人伦，以美风俗，诚莫有先于此者。伏乞特颁圣训，大警群愚，使知借父祖骨体以求福利，既非人子所宜设心；竭子孙资产以竞奢华，必为先灵之所隐痛。凡京官归葬，不拘年例。在外郡县吏，则量其道里远近，得限期告假，委员署理，葬毕回任。其隐而不言者，倘经他人举发，则在任者夺官，守缺者停选，举贡生监不得与乡会试。如此，则陛下泽及枯骨，四海九州之内皆戴掩骨埋胔之仁；而内外大小臣工既葬其亲，无复私家之事牵其志虑，可以一心营职，仰报国恩，于教孝作忠之道两得之矣。

请升五贤孔庙堂上侑食劄子

钦惟皇上御极之初，加封先师孔子父祖皆王爵，继又以厥里重新，特颁祭器，广赐官僚，盛典光昭，皆前古所未有也。臣伏念「孔门十哲」乃因鲁论所记从于陈蔡者而有是名，非通计七十二贤而独以十人列四科也。唐贞观二年，以颜子配享，故升曾子以备十哲；宋咸淳三年，以颜子、曾子、子思、孟子四人配享，又升颛孙师以备十哲。所升者既不皆陈蔡相从之人，则其数亦不宜以十为限。

诸贤之事见于传记百家者，臣不敢漫引，谨按子夏、子游、子张至欲以事孔子者事有若，其言语气象见于鲁论、礼记者，信非群弟子所敢望也。南宫适、宓不齐，孔子并称为君子而嘉叹之；原宪有志于求仁，孔子以为难；公西赤有志于礼乐，孔子信其可。若此五贤虽不能上比于颜、曾、闵、冉，其于由、赐、偃、商实无多让焉，以视冉求、宰予，则有过之无不及矣。伏望皇上断自圣心，敕下礼官，具详仪式，择日升主于堂上，以发千秋潜德之光，永昭盛代崇贤之典，谨奏。

辞校宗镜录劄子

臣方苞奉旨校阅宗镜录前五卷，臣谨对得其句逗显然不安者，俱标出，贴本文旁；其意义深奥、句逗难断及字法可疑者，俱标签于行间。臣于内典全不通晓，不敢安定；又臣心疑之甚者乃敢标签，其未标出而不能无疑者尚有三分之二。伏乞皇上另简精通内典之人，详细校对，此书始能无误。谨奏。

遵例自陈不职恳赐罢斥劄子

奏为遵例自陈不职，恳赐罢斥，以肃察典事。准吏部咨开：雍正十三年三月例应京察在京部院等衙门三品以上官员，令其据实自陈等因。窃臣年七十八岁，江南安庆府桐城县人。康熙四十五年会试中式，以母病归，未与殿试。缘事牵连罹罪，康熙五十二年二月，蒙圣祖仁皇帝赦宥，召入南书房行走；本年九月，命编对御制乐律算诸书；康熙六十一年六月，命为武英殿修书总裁。雍正九年十二月，蒙圣恩特颁谕旨，擢授左春坊左中允；雍正十年五月，升授翰林院侍讲；七月，升授翰林院侍讲学士；雍正十一年四月，升授内阁学士兼礼部侍郎，臣以足疾具折恳辞，奉旨仍在修书处行走，不必办理内阁事务；六月，钦点教习庶吉士；八月，奉旨充一统志总裁；雍正十三年正月，奉旨充编选皇清文颖副总裁。

伏念臣本无学识，加负罪愆，幸蒙先帝之矜容，收之近禁，更荷圣皇之湔祓，宥及全宗，特擢宫僚，骤陪纶阁。且怜其衰蹇，听辞职务于中书，锡以荣光，兼命典司夫三馆。在圣主曲成万物，群瞻大德之如天；而微臣内抚寸心，实愧承恩之无地。兹当澄叙官方之会，正得沥陈愚悃之期。伏惟我皇上俯察微忱，赐罢阁职，俾臣得免旷官之诮，用此聿昭考绩之经。臣曷胜悚惶待命之至！谨具奏闻。

拟进律吕正义表

臣闻：大乐与天地同和，六吕为万事之本。故轩皇截竹，首合阴阳之声；虞帝挥弦，爰定宫商之位。六舞以象事行，三宫以享神人，列圣相承，惟兹为重。迨周季而畴人散越，音容器数，渐失其传；至汉兴而制氏守残，鼓舞铿锵，莫名其义。降及魏晋，下历元明，皆因尺度之讹，莫辨元音之准。太常典造，漫用师心，儒者考稽，纷如聚讼。新声代变，古乐长湮。慨什一之无存，盖二千有余岁矣。

恭惟皇帝陛下质惟天纵，学以日新。探原本于六经，上阐图书之蕴；观会通于万里，清参象数之微。特殚圣聪，以求律本。较古尺今尺之度，不爽毫厘；验纵黍横黍之分，若合符契。乃定黄钟之管，适谐正始之音。按节生声，诸律有条而不紊；取分制器，百度得数而有常。犹恃源而万脉皆通，扣本而千枝咸应也。加以管律弦音之辨，既昭揭乎群蒙；三分割八之规，更神明于成法。盖惟天地之豫，将以时宣；是以圣人之心，若有物启。臣等冋衣馂食之下，每荷开通；闻诗学礼之余，数承提命。虽性资蹇拙，奥义难遽心融；而海谕周详，微言既已耳熟。渊衷远览，嘉惠来兹。谓雅音既作于时，则至理必公于众。兹先圣之绝业，自前世而无传，宜定成书，以昭后学。用是手披图数，口授天章，既举宏纲，复详细目。文成三十二首，汇为上下两编。制律审音，剖陈言之纠互；和声定乐，备象制之精微。斯固断自圣心而无疑，俟诸百世而不惑者矣。乃犹旁诹儒素，博考旧闻；悉陈秘府之书，广证百家之说；参合众议，[二]溯周官戴记之传，实同条而共贯；按管吕马刘之义，亦曲畅而旁通。后可为程，昔无与并。臣等获叨讨论，仰究渊深。近日月之光华，胸开宿翳；听云韶之歌奏，身沐太和。诚旷世所希逢，当我生而亲见。虽先圣可作，信此理之皆同；将百世不刊，庆美成之在久。

[一]此四字疑为衍文，或脱对句四字。

常平仓谷议拟

伏以皇上屡谕督抚监司实核各州县常平仓谷，存七粜三，俾新陈相易。伏见圣心恳恻，常以民食为忧。但五方风气燥湿不齐，土俗民情所在各异；大纲虽具其中，细目尚宜详议。谨条次四事，伏候圣裁。

一、谷久存仓，不惟浥烂，即少有发变，出粜甚难。有司惧为己累，必致抑散乡户，巧罗富民。民未见利，先受其害。惟北方风气燥达，存七粜三之法可以通行。江淮以南地势卑湿，岭外尤甚。郡别县殊，宜各询土人，一一验察贮仓之谷。三年不变，然后可岁存其半；两年不变，则粜七存三；一年即变，则春粜而秋籴。然后民获减粜之利，官无赔补之害。其或丰穰之后猝遇荒祲，秋冬谷贵，春粜之价不足以充秋籴，则俟年有收，或邻境丰穰，如数补籴。但谷价存库，监司郡守不得法外苛求，有司乃别无顾虑，可以实心任事。

一、城镇游民每轻借官谷，苟延旦夕，而责偿甚难，必乡民有田，乃可按期征纳。但多借，则豪民屯积，以专其利；少借，则为斗石之谷往返城市，守候官胥，废时失业，乡民必裹足不前；而既著功令，则不肖有司得以浥烂发变之谷抑散乡民，责以偿纳。不若专用粜籴，官民两便，奸弊不生。但宜申饬监司郡守，于岁终稽察入仓之数，而开春以后，一听随时发粜，无用申详请期。盖期制于上，则胥吏要索多方，苟或失察，批发后时，谷贵之期既过，不惟于民无益，而官价亦亏。有司当此，欲不粜，则发变可虞；欲贱粜，则秋籴难补。投足两陷，罪无所逃，诚可矜悯。至谷之存仓必有消耗，盘量必有折减，移动必有运费，粜籴守局必有人工，春粜之价用以秋籴，即有赢余，仅足充此。岁终稽察，但谷数不亏，即宜一切不问，不得别生枝节，使有司以粜籴为畏途，庶几法可常守。

一、闻闽中泉漳诸郡，稻岁再获，其性悬殊，早获者坚实耐久，迟获者虚脆易败。至于台湾之米，过海为咸气所蒸，尤易浥烂。用此推之，凡江淮以南、五岭之外，稻岁再获之地，并宜严饬所司，验察谷性虚实，其有从前误收者，尽数发粜，改籴入仓。但谷性虚脆，其价必贱，应令督抚酌定于公费内量加籴价，有司乃易承办，不至惧有赔累，隐蔽不言。

一、民当饥困，旬月难支，而自州县详报，府司踏勘，以至督抚题请，非三月不能上达；及奉旨后核查户口多寡，申报复题，亦非三月不能下达。必限程期，凡州县报荒后，督抚核查，近地以兼旬为期，远不得逾月。具疏题请，即具陈被灾分数，应赈户口多寡，则得旨之日立可施行。同此赈粟，早发一日，即我皇上赤子免一日之颠连，何忍稽迟，坐视流殍？尝考周礼设司救之官，凡岁时有天患民病，则以节巡国中及郊野，而以王命施惠。周公设官之意，诚虑奏请期报或至后时，故列于本职，曰以王命施惠，而持节以巡，则粟米钱币随地可发，顷刻无壅。盖圣人忧民之切、虑事之详如此。

我皇上子养兆民，每遇水旱，不惜发帑倾囷，且曲尽圣心，指授方略，谕诫谆切，务期实德及民，故敢悉陈愚衷，冀有微补，伏惟裁察。

书牍类

答贯一书

得来札，所疑于丧服或问前后相抵者，甚善。自王生隆川没，不复有问难往复以开余者矣。戴记乃杂采周秦间群儒之说，各有师承，本不可汇于一。欲削其相抵者，恐后之人复援彼以破此，而无益之辨滋多，故两存之，以待学者之悬衡焉。

大记曰「期，终丧不御于内者，父在为母为妻」，而戴德「丧服变除」则曰庶子之为其母，居处饮食，犹三年也。无一日之服者，尚以三年为期，况适子之为母乎？礼以辨异恩义之等差，毫末不可以无辨也，而为母一同于为妻可乎？故「丧服变除」之义，可屈大记而并存之，俾议礼者有考而取其衷焉尔。娣侄之摄内事，与入御于夫，其道本不相干。如曰妻丧父母，既练而归，妾从女君而服，亦宜逾岁不御于夫，正所谓援彼以破此，而为无益之辨者也。伯叔父兄弟子姓之期，皆三月不御于内，而况娣侄之从服者乎？致其严亦三月而止耳。大夫之适子不降其妻，其义有二：一曰舅姑为之大功，即葬有宜摄，所废仅一时之祭耳；一曰妻一而已，不若伯叔父兄弟子姓之服之众繁，而恩不可以遍伸，摄不可以数废也。而此章未之及者，已于父在为母妻见其义矣。惟切究而详以告我。

答贯一*

左忠毅云：「群儿碌碌，继吾志事惟史生。」愚迩年天属凋伤，衰病日困。闻远近称说，目前惟贤为第一流人，为之心开。虽不得侍太夫人色笑，但能使百世而下皆知有贤，皆知贤不得养母之苦衷，则百世而下皆知太夫人有良子，于孔子、曾子之所谓孝，亦可以无愧矣。素位而行，曲得其时义，尚其勉之！

与吕宗华书

使至，适值童奴逋逃，又迫公事，不暇营度为文，故前书期以此月中旬。及与陆编修相见，始知葬有日，恐不逮事，乃于从遽中勉就之。仆平生为文，限以期日即不能就。又心所不惬，虽亲知故旧，强而为之，以塞其子孙之意，而文必不可存。惟此志就之甚易，而言皆称心，以是知君子修辞必立其诚，而没世之名有理与数存焉，非偶然也。

然尚有欲自列者。古文义法之晦七百年于兹矣。此文出，吾兄族姻间必有疑其事实太略者。不知叙事之文，左、史称最，以能运精神于事迹之中；若按部平列，则后代史家之陋也。其源实开于班史，然就其善者尚能审择。如霍光事汉武帝宿卫三十余年，其辅昭、宣，独操国事十有三年，假而平列事实，如钱谦益之传孙高阳，虽独为书数卷不能备也；班史于前事蔽以「出入禁闼」，「小心谨慎」，于后事蔽以「百姓充实，四夷宾服」，故所载不繁，而光之性质、心术、治法、功过纤微毕著。此志称光禄公名位非盛，而为中朝士大夫所计数，则当官之琐琐者不待言矣；旁治古文而心知其意，则诗为专家不待言矣；与司农笃爱如此，则孝友睦姻之疏节不待言矣。中间读书青要山，坐下迹深寸许，事虽微细，而实前后之枢纽，盖此正学与行之根源，所以为荐绅典型，而子姓亦则而象之也。

昔欧公尹师鲁志为时所疑，至为文以自列。钱公辅乃宋闻人，介甫志其母，而妄欲有所增损。虽吾兄通晓文律，不至如公辅，而时人之信仆能过于欧公乎？是以敢先布之。墓志之体于子载，于孙否，女子及孙以凡举，孙与女婿非有见焉不名。韩欧成法不可易也。吾兄家声及仆之文系四方观听，慎毋牵于俗而为有识者所姗笑。节哀顺变，务继述之大，前书具之，不赘。

再与宗华书

古文最难发端，志铭为甚。惟退之不主故常，而皆有典则，是谓文成而法立，故欧王不能仰跂。此志首举以光禄卿罢，乃义法之一定者。盖具札不合仪式，非所举之不当也。公之谨慎简在圣心，而以归休优老，则天子之恩意及公之生平即此可见。若循年齿、历官顺序而以是终焉，则索索无气矣。假而隐深其辞，不惟众所闻见难以曲讳，且使易世而下莫知其端委，将谓别有他故，不可以告人，则为累大矣。原状所述庸行琐事过详，规模转觉狭隘。即是以求，光禄公不过文学为时流所推，即质行亦中人之谨厚者耳。如仆所志，则隐然为汤耿二公外中州之文献。以吾兄之明，自当无疑于此。

而仆自申至于再三者，仆每为名贵人作志，其门生族姻必杂然献疑，俾子姓回惑，若重有所难，故誓不复为。非敢要重，以终困于群言，不若坚辞于始为无过耳。仆第二札录在别简，并宜锓板，副志铭拓本，以讣远方，庶作志之义明，而光禄公高风益耿著于天壤。仆与吾兄非比俗之交、一日之好也，故敢尽言无隐，惟鉴之。

与沈立夫书

昨奉过，闻比日复卧疾。凡疾，必慎于微。体既羸，则难为疗矣。足下读书锐敏，应事与人言略不省啬神气。周公曰：冬日之闭冻不固，则春夏之长草木也不茂。天地不能常有常费，而况人乎？身非吾有也，为子，则当为父母顾其养；为人，则当为天地贵其生。疾病修短虽有定分，然必尽持生之道，而后可以听于天。人生最难遘者，共学之友。仆病且衰，三礼未尽之绪，于贤者重有望焉，故不觉言之危苦。惟时绎思，操之勿失，而无异日之悔，则幸甚矣。余不宣。

答李根侯书

得来示，俱悉进修不倦，甚慰！行身之道，经书及先儒所讲备矣，择其一二语，设诚而致行之，即可为良士，仆又安能更有所发以益足下耶？但于文术微有知见，即如来札，少薙其支蔓，便可见古文义法，故不自揣而暴其愚心，惟究察之。

仆正月末病甚剧，今幸少宽，尚不能出户庭。承惠鹿胶，尤衰疾所宜，但记云：其色青白，而市肆所陈皆火赤。即惠寄者亦微赤，恐仍有他物之杂。往年，黄侍御自台湾归，以自治者见遗，色果清白，乃知记列诸胶之色，所以使用者不迷，而周官详市政严饰伪之禁，良以所病于民用者大也。关东饶鹿角，荆薪甚贱，望选材集工亲监视之，庶无饰伪。极知清贫无力及此，但所费不广，且非其地则购之益难。仆不敢邀惠，能分我如干数而归其资，则为赐大矣。

与常熟蒋相国书

仆获交近四十年，自难后，所以拯扶而安全之者，岂惟不肖之躯，先人之门祚实隐赖焉。古人竭心于所厚，莫若辅成其德业；近有二事，可以广吾君之仁，扬吾君之明，而阁下之德业亦将增重焉。若知而不以告，非所以称夙昔相待之义也。

比者圣恩广布，凡侵挪亏欠赃私分赔皆得奏请赦免。其派委工程，力不能完者，虽未明列诏条，但侵亏赃私所犯至重，并得叨逾望之恩，则若辈岂能无待泽于下流之望哉？去冬，奉上谕：「凡官员声闻不令，间令效力工程，以示惩儆，非犯罪至重应籍没家资者可比，督抚自应分别工程大小，量其力以任之。」是圣主之视若辈，实异于所犯至重之人，而其望恩视所犯至重者，必有甚焉。其中有借帑修工责令赔还者，倘援分赔之例，一为陈请，必邀赦除。虽就中情事，局外之人未得周知，而阁下专领兹事，可不详思而审处之乎？

又应山令张铜，吏畏民怀，声烝江汉；及守广州，粤人爱之如父，严之如师。曩以属县有盗越狱，罢官追缉。近闻期满未获，在常例罚本甚轻，而张以夙性耿介，多为上官所衔，监司中有欲援某年特旨枷示之例以挤之者，其然，则张必死之。天地生才甚艰，试之而能绩验著者尤希。如此人者，岂惟使之扼腕而死，实伤海内志士及所部吏民之心，即放归田里，亦窃为国家惜之。

往者，沧州、仪封遭诬在理，仆不自量，切言于安溪。其后并获湔涤收用，以功名终。天下士无不颂先帝之圣知，而安溪亦以此获重誉。

先王之制：士传民语。诚惧公卿位高势隔，听闻或有所壅，故使士传言，俾得层累而上，以为天子明目达聪之助也。仆阖门举族戴圣主如天之仁，每见德政之施、贤良之擢，辄私心跃跃，寝食为甘，又念辱阁下知爱数十年，衰残垂尽，故不敢自疑外而暴其愚心，惟阁下鉴之。

与用方*

使者行后，又一札付夔州，想已彻。自河决石林，仆重以为忧。顷钟君名照者到山相访，以久谙河工，叩之，云：微山一湖，俗称水柜，上自夏镇，下及宿迁之骆马湖口二百里，河道冬春水涸，皆恃所蓄之水以济运。自河决入湖，至今未能筑塞，湖心为黄沙淤垫，不能复蓄水济运。假而石林口今冬不合，则来年粮船溯流而上，并无纤路，误运必矣。即或能塞，而微山湖无蓄水，河道又为黄沙所淤，处处浅阻，必致稽迟，不独商旅束手，百货不通，为小民之剧患也。吾友身肩事任，宜早以种种情形入告我圣主，乞谕新命巡河大臣作何措注；并请亲至微山湖一带，相度地形水势，声明害已显见，事已后时。拜疏之日，即登程巡视，周咨审察，兼作书遍告河督及周侍郎、巡河御史，俾各抒所见，以相参伍。此疏宜即日缮写，飞骑奏闻，若延至月半后则似前此漫不经心，直至患已迫近，恐粮运稽迟，先自洗脱。万一圣主诘以三冬何不早言，将何辞以对？终必为人受过矣。仆闻钟君语，夜不能寐，晨起草此，遣蠢仆赍送，望勿更参以无识人意见，迁延观望，以贻他日之悔。不宣。

已作此札，钟君又札告：闻视河者乃大学士陈与直督高。吾友当以运道阻塞，切告秉之，言非急奏用先年靳文襄开车逻河议，河身广三里，堤高丈六尺，外筑遥堤，以防溢出，束高、宝、兴、泰七州县积水，以出海口，则春麦秋禾种不入地。目前受赈七百五十万人，终无生路；即我皇上安得岁备八百一十余万帑金，二百九十余万米谷以赈之？高公善人，亦宜苦口告以舍此更无急救民命之策，不惟前此声名可惜，后来诟詈无穷；不惟此心自问难安，亦大惧漕运阻艰，流殍耗尽，终不免为身家之害也。

又与顾用方书

汉以后言治河者莫善于贾让。其上策在不与水争地，必遗川泽之分，使秋水盛昌有所游荡，乃不至冲决四出；又谓宜徙冀州之民当水冲者，放水入海。此正今日浚治浑河之要道也。

仆以未知东安、武清二邑地势高下、土性坚疏，故不敢为必然之说。但言宜循三角淀外别开浑河之道，而去河身二十里延筑遥堤。若二邑土性粘埴，地势平旷，莫如竟用让策，废东安县而徙其民，〔二〕止留武清县城，筑广厚大堤以护之。其余村庄不必迁移，各效南方圩田之法，周回筑堤高五六尺，则伏秋寻常汛涨可保无虞。盖地面宽广，则水势缓散，深不过二尺，浅不过尺许，虽秋禾淹没，而春麦倍收。每岁筑场纳稼后，命民起土于洼地，以筑平广之墩，量地势高下，岁岁增倍，自二仞至二丈而止，则虽有异涨，可各持资粮，老幼扶携而上，以俟水退。二百家之村，通计不过千人，墩广二十亩，则栖托有余地矣。如是，则遥墩虽不筑可也。自秋杪至夏初，浑河经流循运河入海，本无他虑。惟至伏秋二汛，则设戈船二十号，尾系铁索菱及三角小毛，朝夕随潮上下，则泥沙虽盛，亦不能壅。

吾友久于北河，于土性水势知之必详。凡仆所陈，必正言以断其当否。其有当，则奏闻行之，吾友之职事可张；其不可用，则于仆格物致知之学，可触类以自开通。是以敢悉布之。

［一］「徙其民」下原注：「按图，东安迫近，恐非徙其民不可。」

与闽抚赵仁圃书［一］

接来示，自分此生恐无缘更毕志于经学，此嗜学者之衷言也。然古之人得行其志，则无所为书。圣人作经，亦望学者实体诸身，循而达之，以与民同患耳。一命之吏苟能职思其居，天德王道将于是乎寄焉，矧膺古牧伯之任，环地数千里视其注措以为欣戚者乎？

仆窃观近代所号为钜人长者，大率以生人为仁，而不知生其所不当生，则仁于生者而大不仁于死者；以有容为德，而不知容其所不可容，则德于有罪者而大不德于无辜，者。传曰：「恶人在位，弗去不祥。」恶在他人，而引为己之不祥，何也？力能去之，而任其播恶于众，则恶非其恶也，是谓拂天地之性，而亏本心之明，无不祥大焉。

抑又闻：君子之行，必严于终。往者，环极魏公践履淳实，立朝谔谔，为世家所惮，造辟之言天下矜诵，以为无愧古贤。而论定之后，竟不得与汤陆齐称，徒以巡察畿辅，不复有特操耳。孝先张公天资浑厚，可欺以方。其抚江苏，间有过举，未惬众心；一旦奋不顾利害，排击险壬，然后平生志事昭然若揭日月而行。吾子历令、守、监司，渐登大府，仁声义问，所至翕然，惜无由著直节于中朝。然就今所居之地而言其职之所当言，则视张为易，视魏则尤易矣。

夫时位之迁移、君心之向背，不可常也。遇此而不言，异日者，或欲言而不能，或有言而不信，又或他人言之，则下无以自解于民，上无以自白于君。三者之悔，吾知其必有一焉。惟详思而速断之。

〔一〕此文已收入「沪古」版方苞集，题为与某公书，缘末段语有不同，故仍收入。

与赵仁圃书

苞于平生知旧，一司民治，或掌文衡，即谢弗与通，而乡邦之大府尤曲避焉。其或道义之交，间一通问，舍劝善规过无他辞，阁下所明鉴也。乃今有情则私，事则公，而义不可以苟默者，惟阁下详察焉。

苞先世自江右迁桐城，仍世衣冠，乡人以为葬地实然；无如子孙世守，虽欲觊觎，莫可如何。祸缘康熙三十年前不肖族长方远私许其子姻家钱烛犀之妻暂攒四世祖方圆道官山界内。康熙三十六年，烛犀遂乘间盗葬。敝族理论，随凭约保约限起坟。不料方远既死，烛犀亦死无后，是以久而未起。延至康熙五十年，遭家震惢，以族人方孝标事，吏议亲族无已未服尽，皆当大辟。荷圣祖仁皇帝宽法，免罪入旗。邑中渫恶民陈子奇、陈觐文遂于道官山界内盗葬二棺，合族吞声饮恨，坐视而不敢言。盖恶民挟持部议，苟系墓下子孙，则当在入旗之列，故也。因此，奸民钱洛访、钱鹏南等遂妄意谋占风水，假刻康熙二年讼余姓伤其坟树县令邬侯审语，声言有远祖之坟在方姓山界内，希图再葬。如天之福，我皇上嗣大历服，体圣祖矜恤之心，拓覆载无私之德，特诏：除孝标嫡孙，一切赦归田里。雍正二年，苞复蒙恩归葬先父母于金陵。杪冬事毕，始还故乡。按谱牒亲视兆域，以假期既迫，趣装北上，属族众控理。钱姓忽创立新碑，称为一世祖茔；陈姓则别移他山旧碑，树盗葬二冢之旁，称为四世祖茔。江南之俗，凡上祖公共之坟，合族祭扫；子孙私葬，则合族共攻之。钱氏果有一世祖茔在方姓山界，何以子孙众多，数百年不见春秋时祭，直至方族北迁，而后刻邬侯审语，又待方族南还，而后立碑以识乎？陈氏盗葬之地，果系其四世祖茔，则斩祖脉而逼其圹，其公共子孙肯容其独葬乎？此不待他证，第按所葬之地形、盗葬立碑之时日，而可蔽其罪矣。况敝族数百年相传谱牒、印票、契券，历历可据乎？然自乙巳控于翁侯，已蒙拘讯，聚族守候三年，而不见理。翁侯去任，再控于倪侯，密访私踹两年之后，始断「陈坟起迁，钱碑毁去」，远近争传，以为美谈。〔一〕而倪侯旋罢，遂底滞至今。

所以然者，敝乡之俗：有为人奴，虽富厚，众皆不齿。钱姓虽非华族，尚有衣衿，自知罪莫能逭，遂与张少保家仆钱克光通谱，要以能通于在事者，则许入宗祠。克光利其然，阴为谋主，是以累呼而不问，既断而弗遵耳。始倪侯之久而不决，亦非为所访之未实也。敝郡宋元以前，无以忠义发名天壤者，自洪武己卯科，五世祖法出正学先生之门，官四川断事，燕王诏至，不拜，逮赴南都，过皖江，耸身赴渊，名载前史，邑有专祠，为合郡乡贤之首。钱陈二姓所盗葬之山，即其父墓也。不独合邑绅士同怀义愤，远近闻者莫不骇痛，何待访而后知？盖终不能无疑于少保之家仆耳。岂惟邑侯？敝族与少保为近姻者，依托幕下者，皆莫肯一言。苞闻之，始直告焉。少保瞿然曰：「吾未之前闻也。」立谕克光不得与闻讼事，复与苞要言：「若克光足迹一入府治，子以告吾，必不贷。」克光始惧，乃于所立新碑凿去其名，然其恨隐而愈深矣。自是以后，遂大以酒食粟米市德于山下居民，始为耳目，而深结衣冠中未明大义者，以「日久难稽」惑当事之听。陈姓父子故博徒，凡邑中饮博健斗者皆依焉。倪侯听断时，会族弟正瑗以潼商道奉旨葬亲，[二]将回原任，陈子奇聚众邀于路，幸先事而闻之，请于邑侯，大发役徒，护送出境，始各散去。子奇因声言：年逾七十一，无顾忌，方族若更以「抗断」赴控于上官，必要于路，以刀揕其胸。不幸十年以来，始事诸族人或老死，或赴选，或糊口四方，分散殆尽，其余后生皆畏而不敢前。苞闻之，凡大府、监司、太守自内出者必躬谒泣告，且请面询少保，庶知苞言非虚，而此案可结。不意诸公进则未闻以苞言白少保，退则未闻以此案诘有司，是以属吏愈怠，奸民之术愈逞，而沮格到今。诸公若果以久远难稽为疑，则不必以敝族谱牒、印票、契券为征也，即以钱姓假刻邬侯审语为断足矣。审语但言近在郊圻，并未指其坟坐落何处，东西南北孰非近郊，安知其为宜民门外之道官山？又云「烟火万家，实逼处比」，宜民门外，自昔居民不满百家，其非比山玥矣。

且观其辞气鄙谑，字迹别讹，官文书未见有此仪式也。况自称一世祖茔，而所立之碑乃界在方族序排四冢之两冢间，果孰为其始祖之墓乎？世有始祖之墓而与子孙一字横排者乎？岂始祖一人而有四冢乎？今倪侯所断，既不及钱洛访、钱鹏南捏造官文、立碑占山之罪，又未勒起前坟，而止于毁碑，于钱姓无损毫末，不过与雍正三年以前未立碑时等耳。敝族方追悔从前盗坟之未早起，而钱姓乃欲存碑为后此占山之由，不亦悖乎？

观碑名凿去，则少保不直克光昭昭然矣。若疑少保虽从公议而不无蒂芥，则自言克光之后，苞与少保相欢如平生；倪侯至今寄寓吾乡，少保待之，未闻纤异于往日也。窃痛先祖断事公遭变砥节，骨葬江鱼之腹，而不能保其父墓。今得大贤秉节，旬宣江介，万物吐气，忠魂耿耿，将不能无望于九泉。又数十年来，江南通例：编户之家以盗葬告，立责起迁，其在荐绅，则无一能自直者，想久在阁下鉴察中矣。若能特伸公议，少遏其锋，于风教所关不细。此苞所谓「情则私，而义则公」者也。少保每遇诸公临莅乡邦，必告以族姻家仆少违礼度，必严法毋纵，纵之则转有恨焉，言实由衷。倘荷阁下慨然执法，不独衰残之躯得见祖墓获安，虽死之日，犹生之年；即少保益重阁下之风轨·而心喜相待之独厚也。情蹙言嘘，临楮涕泣，瞻望如何！苞顿首。

【一】其下原注：「雍正六年七月初三日再控，批准复勘夺，再进词，批侯密访确实再行勘审。直至八年七月初三日，倪侯独自到山私踹，初五质审断钱碑毁去，陈盗葬新坟迁移。初七具呈求差押，批仰差速照原断结案回复。初八日出票押陈姓迁坟，钱姓毁碑。」

【二】「正瑗」下原注：「借用母家张姓」。

与德济斋书

公入而仆适出，数年离思，未得披豁！公宗臣，又醇儒也，忠言至计，会可言必急进之，不可以众人之向背、时势之难易、恩遇之或有隆替，少动其心，惟务心可对天地，义可质诸孔、孟、程、朱。而公又与众人异者，重以祖宗监照。

仆已定登程之期，以欲与公一面，迟至初十，若不得，则此生无再见之期矣。实践录稿已分为上下二篇，闻送文颖馆者分为四篇。仆自不与馆事，屡索观，而竟不肯出，是以未得报命，望即录改稿见示。仆归负土，必有余暇，当更以前后二本参看切究，秋冬间当录清本奉寄。余载别纸，惟察之。

一、圣主以京畿未雨，徐泗阻饥，日夜忧劳，闻已切谕北五省严禁烧酒。但烧酒车日入京门，关间仍收其税，非惟令不能行，亦且无以服众，徒使有司胥隶得因缘为奸利耳。宜除酒税，毁酒锅，凡载烧酒之车并入官变价，以备赈荒。

一、江浙食米半取足于川、湖、江右。迩年四省秋收后，米价即一两内外，较四十年前三倍，十五年前亦两倍。万一四省有连州比郡之荒，虽圣人不能为谋。烧酒宜天下通禁，黄酒亦酌定成法，量州县大小，大州县额或十所，或七八所，或四五所。其坊必设于村镇，地居乡城之中。所取之税勿交纳州县。每秋成，命本坊就时价买米，即令收贮，岁十二月官稽其数，二月以后听其推陈易新，勿责以息。官吏需索分毫，即视寻常赃银，加倍治罪。如此，则酒坊亦不为苦。数年之后积谷处处充盈，遇有灾荒，有司就近给散，饥民领取，仍各还家，可免群聚露宿，日晒雨蒸，致成疾疫死亡相枕之患。此法既定，久之则常平可以不设。盖常平利害相半者也。存七粜三，必申详府道两司督抚，一处文书未发，不敢擅粜；及至次第批准，而谷价已贱，不能如所请之数，难于发粜。故谷多陈腐，强派行户富民易以新谷，而民苦于无告矣。新旧交代，少有发变，彼此相持，而官亦穷于无告矣。取酒税以备荒，而坊有定额数，则承造者必万金以外之富户。所获利多，则荒政可以常举；所获利少，则承造者渐稀，而久之可以全禁，一如三代及明太祖时，菽粟如水火矣。

一、禁种烟不如禁酒之难，第用乾隆三年内阁大学士所议，尽依原奏。城外不许种烟，犯者拔其苗，扑其人，以田入官，招贫民耕种，则不动声色而永无犯者矣。如此，福建岁多谷百余万石，江南多三百余万石，山东、江西二省约多三百余万石。不惟种烟，苏松最上之田皆种荸荠、通草，江西、湖南北多种莲子，其利较五谷数倍，一并禁绝，则三省又多得谷约二三百万石。五省中每岁谷多一千万石矣。昔曹操、石勒伪定数州，即严酒禁，国富兵强，四邻莫敌。明太祖始得江南之半，东征西讨，军饷不乏，以禁酒兼禁种糯稻耳。若能断而行之，则三年之后，虽有干旱水溢，可不廑圣主之忧劳矣。

一、三年大计，八旗军政处分将校之例不可太严。太严则操演必烦；操多费多，兵丁不得自营家计，其心不能无怨。万一有事，安能用含怨之人而得其死力乎？不如减公操之期，而开一私习之例。每岁春秋，钦命大臣二人同本旗都统校阅，技精人勇者厚赏。三年大计，特命仁恕公正大臣校阅簿记，技勇出众者，我皇上亲阅，颁赏加倍；复拔其尤，使有进身之阶。其将校则以兵丁精练者之多寡为优劣，而赏罚进退之，则兵自勤于技，将皆劝于教矣。

此最急之务，千万人所通知。外此宜远虑者，莫若口外兴屯筑城。然不得其道，则常利未得，而人先惊惧。南方则制驭苗民，使常安而渐化。如此类，必相见乃可详，余不赘。

与德济斋书●

先断事公讳法，苞五世祖也。明洪武初设制科，中己卯乡试榜，出正学先生之门，[一]为四川都使司断事。以不拜燕王诏羁囚，会正学十族逮赴诏狱，[二]抵三江口，[三]望见故山，[四]东向再拜自沉，久之，尸不可得，以衣冠葬，事具钦定明史附正学传。[五]自先太仆葬金陵，子孙流寓者不得展墓拜祠，已四世矣。

先君子欲建专祠于金陵，命苞就先曾祖副使公旧圃故位定植。先君子既殁，始克作门堂三间，而苞及于难。[六]出狱，复荷三朝圣主知遇，[七]列位于朝。越三十有四年，复归旧乡，叹余生无几，必当终先君子之志事。拟作三室，中室祀断事公，西室祠祀迁桐始祖德益公以下三祖，东室祀太仆公。太仆公起家为大夫，曾为小宗祠于桐，子孙典守者竟摽弃之。拟于门堂书额曰「教忠」，从断事公之志也；东室曰「合族，」从太仆公之志也。

古者，惟卿大夫有大勋劳，请于君，祫得及其高祖。程子则谓自庶人以上皆宜祀高曾祖祢。苞，支子也，兄子道希承小宗，据苞，则宜自太仆公始；据道希，则宜自副使公始。去年春，道希又殁，若用古宗子之礼，则苞不得祀大父曾大父，故以义起，春秋时享，苞独祭太仆公，副使公以下则道希之子惟敬先拜，而苞献奠，以未成童，不能备礼也。（自注：曾子问：「君薨而世子生，见于殡，抱子者代之哭踊。」）拟苞身后，则副使公以下立庙于惟敬之家，而更立别子不迁之庙于教忠祠西偏，迁东室太仆公之主以特祀焉。而东室则祀断事公以后分支之祖，太仆以上积德累仁之祖。副使公始迁金陵，定祀别子庙之西室，世世不祧。礼穷则变。先生躬行仁义，礼教之所从出也，故敢以质正，而求为之记。

〔一〕原稿「门」上无「之」字，望溪自补。
〔二〕原稿作「本省，又以」，改作「会」。「赴」上增「逮」。
〔三〕原稿作「至」，改作「抵」。
〔四〕原稿作「故乡云山」，改作「故里云山」，复改作「故山」。
〔五〕原稿「正学传」后有「邑有专祠，有司春秋时祀，配享江宁南门外正学祠」等语，后删。
〔六〕原稿作「始作门堂三间，而先君子即世，未几」，改作「先君子既殁，始克作门堂三间，而」。
〔七〕原稿作「今荷三朝圣主特恩」，改作「出狱，复荷三朝圣主知遇。」「复」误为「转」。

寒宗虽巨族，而迁江宁者多清门。先君子中岁窭艰，糊口四方。苞兄弟幼孩，每至春秋拜扫，先母典敝衣，以钱三四百命家仆持清香展墓，不能具肴蔬。不料奸仆连年不往，诡辞以复命。及先君归，见先副使公元配赵恭人墓旁，被大柏村地棍盗葬二冢，控于郡县者数年，苞又继之，终不能起。柏氏族众千余，人多富强，先君控数年，郡守以上多批赴本县告理；本县虽准理，并不提讯，多至岁终注销。及苞举于乡，面诉于上宪，特令上元县刘令君讯明，证据显然。忽因上宪升迁他省，转为柏姓宽解，致书于苞云：「古人泽及枯骨。君家世宦，何惜荒山二丈！」竟薄责看坟王姓人十板，不许柏姓更葬定案。刘令君卒于上元，柩方出署，投瓦石秽物大呼诟詈者数千人，城内外络绎不绝。访之耆老，皆知其事。

先君子每抚心泣血，命苞兄弟他年必置祭田。先兄早世，苞置圩田二百亩于高淳县，山田百五十余亩于江宁县，皆在康熙辛巳以前。为诸生时，则学使者宛平高公；始举于乡，则韩城张大司寇、太原张少宰三先生之助为多。每见故家子孙多卖祭田，而寒族并及宗祠。望先生于教忠祠末附见祭田数语，盖见于一代名贤两江师保之文，则子孙不肖者妄念不生，而买者亦有所顾忌，而不敢轻受矣。仆年过朱子春秋已四易，恐一旦不宿，望早措意，使衰夫得目见。至勒石宗祠，则必俟公晋秩公相以后，断不敢刻现秉节钺之文也。

与王介山书[一]

致来诸古文辞并项羽本纪读法，颇识高笔健，义法直追古人，而项纪一通，尤发前人未发，贤之用心勤矣。为之点定，其冗者删之，付伻持去，贤以为何如？

所示读易乾坤屯丰各卦，粗览一过，知独遵彖象文言诸传，阐发透彻，似于诸先儒说易为进。近仆乡人程廷祚极好学，有所解易征仆序，仆以平素究易未深，未之敢应也。今见此，觉有起予者，留案头细观，幸卒成之，当与各所论著并序以问世。世不乏好学深思之士，知必有同然者矣。老生苞白。

[一]直本题下注：「从天津王又朴易翼述信卷首录出。」

答友书

辱书命序所谓时文，仆迩年自禁，非特著一书者不为作序。非敢要重，缘以时文来属者多，力有不给，非此无以免责让也。所惠教检阅一周，既骇且叹。足下齿甚少，足不出户庭，而观所为文，似已深练于世事者；取材之博，用意之精，虽与老师宿儒较，其毫厘分寸，无不合焉。以仆之久故，亦未知足下所造能至于是也。

然古人有言：「善养生者，在鞭其后。」为学亦然。仆始见虞山陶子师亦以时文，子师曰：「吾不愿子为此，吾亦无暇为子决择也。」仆曰：「子奈何号为时文之家而言若是？」子师曰：「固也，惟予如听虎者色变，而心知其痛也；惟予如贾者遇盗于中山而尽失其资，故呼后人以勿由，而不觉其声之疾也。世之人材败于科举之学千余岁矣，而时文则又甚焉。唐宋文家世所推者八人，自苏洵外，未有出三十而不登甲科者也。盖天将诱之以学，必使其心泰然无所系恋，而后功可一也。其英华果锐不销铄于丛杂猥鄙之物，然后气不挫而精盛强。苟无七君子之遭，则决而去之如洵，可也。」仆时心感其言，顾如佣隶，备极困辱，终不能离其故地，日思自脱，以至于今，而犬马之齿已不后于子师见语之岁矣。每恨所学无似，辄悔不用其言，遇朋游中资材日力足以有为者，必举以告之。而听者多漫然，盖其所难在决而去之也。

今足下为天所相，而与七君子者同其遭，使仆不发此于足下，则为失人；足下闻此，如众人之漫然，则亦为失言矣。以足下之锐敏，苟用所尽心于时文者，以从古人之学，仆任其将有得焉。异时特著一书，藏之名山，而使仆序之，则仆亦可挂名简端，而无所还忌矣。仆与足下非一日之好，故敢发其狂言，幸无以示外人。

与友人*陈相国秉之名世倌。

仆去岁仲秋失既冠之孙，孟冬，长子道章死，是以得手教久未报。贤尊宗伯公神道碑，以刘念台先生之学为质干，通篇脉络系焉，如阑入御史大夫以后事，则为骈枝。先生大孝尊亲，合于孔子、曾子所云，则外此不足增重矣。曩者礼部以「未曾著书」驳汤文正不宜从祀孔庙。先生潜心经学，仆曾以周官集注质正，未审别有阐发笔之于书否？近治仪礼，谨以丧礼三篇寄览，望发其瑕疵，独得之见，条列示我！衰病作字甚艰，不尽欲言。

与友人书*

江浙旧仰食于江西、湖、广，迩年江广米价亦两倍以上，江浙虽遇丰年，上游客米至者略少，价即腾踊，人心惶悖。直隶、山东、河南比岁皆阻饥，万一更遇凶荒，虽圣主至仁，国帑亦恐难继。及今欲为久长之计，则宜立经法以开源节流；欲救一时之急，则宜有良图以持危防变。谨条举于左，以听采择。

所谓久长之经法：一、则酒醪耗谷宜有节制也。周公之法：公私礼事，皆临朔有司始授酒材命造。汉初，重罚无故饮酒者，文景所以致富庶也。曹操迁许，石勒建赵，首严酒禁。诸葛亮治蜀，至藏酒具者即加刑焉。明太祖定金陵，并禁种糯。盖计中人一日所饮之酒，必耗二日所食之谷。果能断酒一年，民间即可多积半年之食。今既不能断禁，莫若重酒税，即用以备荒。先定条例：凡大省城内许开十坊，四乡就大村镇各开一坊，数不得过十。大府八坊，中府六坊，小府四坊，大州县四坊，中三坊，小二坊，村镇之坊必介在乡城之中，不得过城内之数。无论黄酒烧酒，用米豆百石则税宜稻十石，别贮一仓，以听官调。减粜发赈，道里均，分散易，官民皆便。私开烧锅槽坊者，与私盐同罚。如此，则每坊用米二三千石，二十石一，即积稻二三百石。河北五路用黍豆为酒者，用此比率。虽小州县每岁积谷二三千石，五年之后，虽大荒，民不艰于食矣。其出陈易新，仍使开坊者私其利，官不得挠。直至六年后，则官卖一年税谷以贮库，充修城池、学校、官舍、桥梁，岁以为常。

一、台湾未平之前，沿江诸郡新米出，每石不过银五钱六钱。自开海洋，洋船一到，米豆价倍。迩来上宪深知其弊，严禁私放米豆出洋，告首者以其半为赏。但沿路稽查者不过差役兵丁，其得利甚多，习非既久，出首领赏不若通同容隐安稳而长得厚利也。必奏明：江浙二省海关每额税廿六七万两，即皆逾额，其数亦不能甚多。圣主爱恤穷黎，每赈灾荒，费国帑动数十百万。若闭江浙海关，则漏孔永塞。粟米愈积愈多，中家皆能自保；即遭水旱，待赈者少而米价甚贱，随处可买，费帑无多，通计所省国帑，较海关之税相十百矣。至洋铜洋货，则福建、广东、天津、登、莱海关不闭，依旧可致。其地粟米本少，即有外流，于内地亦无大损也。

一、种烟之利三倍于种谷，故两江膏腴之地皆以种烟。陈公榕门巡抚江西，深知其害，奏惟城内隙地许种烟，外此皆禁，已蒙圣主允行。而部文少复开一窦云，近郊及村镇不种五谷之地亦许种烟，以此奸民种烟如故。若出示严禁，凡城外有种烟者，即拔其苗，枷责其人，州县官记一大过，三犯必题参，则每州县膏腴之地复为良田，岁增稻麦豆麻一二万石，合而计之，上下江岁增谷食二三百万石，米价自渐平矣。又，苏松诸郡多以良田种荸荠、甘蔗，江西多以水田种莲子，若并奏明，与城外之烟同禁，谷粟益多，乃足民之本计也。

与某书

始子叩吾庐称师，而吾辞之坚，非相外也；计将为讲诵之师，则衰疾多事，无日力以副所求，将有进于是者，则吾身之无有，而又何师焉？及送子于逆旅，则不复辞，以子不牵于俗，而唯母之念，充是操也，可以担负乎人道；吾身虽不逮，倘道其所闻而得能者，吾志犹有寄焉。古人之教且学也，内以事其身心，而外以备天下国家之用，二者皆人道之实也。自记诵词章之学兴，而二者为之虚矣；自科举之学兴，而记诵词章亦益陋矣。盖自束发受书，固曰：「微科举，吾无事于学也。」故天地之大、万物之多，而唯科举之知。及其既得，则以为学之事终，而自是可以慰吾学之勤，享吾学之报矣。呜乎！学至于此，而众安得不以儒为诟病乎？

子之年长矣，既以得仕，而皇皇焉欲自得师，则所志于学者可知矣。虽然，所以务学之根源，辨之尤不可以不审也。将以为名，则自致于父母兄弟者，皆以见美于人，而贼吾之本心，将以既其实，则所以备天下国家之用者，皆吾性命之理，而不可以苟遗也。自省自克于二者之间，而防其心之偷，乃百行之源，学者之始事也。子之归也，果能专笃以厉所学，深固以植其行，俾齐鲁之间后起者以为表的，则吾与子之为师为弟子，所关不细。若曰：「予之年长矣，既有所得以为亲荣，可以优游而卒岁矣。」则皇皇焉欲自得师，义焉取哉？

吾平生非久故相亲者，未尝假以文，惧言之不实也。今特表贤尊之墓，盖粗得其略于子之乡人，又将慊子之志，而因以相砥淬耳。然记不云乎：「大孝尊亲」，使国人称愿焉，曰：幸哉有子如此！是乃君子之所谓孝也。子能用吾之言以成其身，则所以为亲荣者大矣，亦安用余文之琐琐者乎？书不尽言，言不尽意，惟慎思而切究之。

答陈可斋书*

闻贤入觐，圣眷益隆。西林又能广求善言，而贤尽诚以告，甚喜。但目今四海清宁，[一]而江浙沃土，[二]细民无旬月之食，[三]江西、湖广米价三倍。又在位人材甚少。[四]贤平心察之，九列中公忠体国，督抚提镇实心忧民恤军，而才识足以济其志，风规足以正其属，经文纬武、缓急可恃者几人哉？自郡县至藩库，皆无多存贮，万一饥馑荐臻，盗贼窃发，弥望皆束手无策之人，此愚之所以垂死而不能忘也。此乃世人所共知共见。至于用人行政，濯俗安边，根本源流，更有大且远者。故常须与贤披豁兼旬，冀[五]圣主或有咨询，惟贤尚能悬悃上达耳。与鄙人同心者，惟顾用方、德济斋、陈秉之，而一二要人不惟深疾鄙人，并憎二三君子，此西林所以忧愚之致祸也。然愚惟与志同学同者交相砥勖，寻常轩冕皆避弗与通，又安知愚之所怀如是哉！

本拟三月末候贤归途一晤，以河工海塘事方殷，贤必无余暇。又愚自去年寻山归来，老病日增，至今春更惫，恐此生竟无相见之日矣。言之慨然！余不备宣。

[一]「今」，直本作「合」，据原稿改。
[二]「沃土」，直本作「既亡」，据原稿改。
[三]直本「月」作「日」，「之」下无「食」字，据原稿改补。
[四]「位」，直本作「值」，据原稿改。
[五]「冀」下一字，原稿虫蛀蚀

答尹元孚书*

得手教，一切具悉。但辞意称谓近于北宋孔、石二公之于孙明复者，在公则为德盛礼恭，而仆非其人，实增惭汗！欲刭函丈等字敬璧，转觉侈汰，是以敢直布之。

太夫人五十以前事绪既多未详，独详后事，故以入家谱亦未为不可，而仆谓宜为年谱者，公先世自多潜德隐行，而无显仕，则无功业可纪；未遭事变，则无奇节伟行可书。而家谱独载妇德，则于体不称。太夫人高行醇德，岂惟今世所希，即在古亦罕见，不若编年独为一帙，播流海内，可兴可观，其传更远耳。若苦窭艰时事多琐细不可条举，则以家道息耗、人事吉凶变迁，或总数年，或十数年而括之曰：「于是太夫人年几何矣。」此孔子世家义法也。略者略之，详者详之，唐宋名贤传谱多如此，不必以前事简略为嫌。余不宣。

答尹元孚书*

来示欲刻周官余论，即欲广其传，俟仆身后可也。仆以确守经书中语，于君不敢欺，于事不敢诡随，于言不敢附会，为三数要人所恶，常欲挤之死地，赖圣主矜悯，尚存不肖躯。周官余论中欲矫革变易元明以来政法，使刊布之，则恶我者仅此诬枉，以相倾轧，故平生不轻以此书示人。惟冀公与廷彦辈二三君子变通其意，施于有政，或小有补苴，并不可以语外人。俟他日公等身为宰辅，朝夕吾君之侧，真见信用，不妨藉手以献。世宗时，高安曾持首三篇入上书房，手录将进呈，桐城相国告仆，仆立止之。此三篇圣主青宫时必曾见之。蔡闻之曾录五六篇，未知曾上达否？盖直达于吾君，尚冀有辅于教治；若早暴于群小，则徒为仆之祸胎。往时仆为蹇上屯田议，将上之，西林及来司寇学圃曰：「吾辈当面陈，子无以稿示人；使知子为此议，则廷议必格不行矣。」公无谓天下人之心，皆公之心也。

与鄂长郎书*

闻贤尊凶问，神志为之摧丧。在贤尊，善始善终，亦复何恨！而老生所深痛者，国家失社稷之臣，天下士有志节者无所依赖，非独以平昔交好也。

往者贤为小人所构，老生屡致书贤尊，言自古名贤未有不经踣折者，正可因此淬砺身心，进德修业。未几时，闻圣主复擢居要地，夙夜虔恭，私怀甚慰。自今以往，所谓大孝者惟在立身行道，如杨叔节之继伯起，范忠宣之继文正，使他日载在史册，为邦家之光。想贤所祈向固然，亦不待老生谆复也。余不宣。

与陈秉之书*

先生自长御史，及入内阁，所言所行，一应古贤绳墨。士大夫南来者，多言先生居政府，折节礼贤；而时辈务进取者，皆不求亲近于公。山中人闻之，窃为增气。此正公操持有定，德业益光之明验也。但于此时正宜审察有位者之底蕴，博求草茅伏匿下僚沉抑之人才，以备圣主一旦之咨访，引以自助，万不可属意文学辞华之士。仆阅世久，见此中绝少有本心人，望宿留謦言，徐观其应否。

与执政书*

江抚俞保甲一疏，见者莫不骇诧，以为其害甚多，非徒无益。众议四则呈览。

据鄙见，则保甲之法必当行，[一]而行之之法当通变以宜民。先年有或行此，民必甚以为苦。盖以专立甲长，则此人必废生业，黠者或见事生风，[二]希网奸利；又凡有辞讼，左右邻牵连伺候官长，拖累无已也。莫若严行保甲，而不立甲长，十家轮管一日，周而复始。一日之中，不过定更以后，身到邻家，有亲友寄宿，即簿登年貌，虽正身以事他出，老妇稚子亦可延门入视，托邻右登簿。所责于本甲者，止聚赌及造赌具、盗贼、私娼、宰牛四事，其余户婚、田土、斗殴、辞讼，不问左右邻。即有避罪逋逃者，止责本甲伺察，待其归而共执之，不责以追捕。山隈水涯，就近五家七家即编一甲，不必满十家，则人皆乐从，法可经久。若因此俞疏，奏圣上特谕行之，则民皆安堵，而诸弊之源可清。

[一]直本「保甲」下无「之法」，据原稿补。
[二]直本「事」作「风」，据原稿改。

与太守蔡公书*

麦收后，米价益腾，以金陵民聚，虽大丰之岁，必待川、广、江西客米，食乃可充。今上游米价皆贵，或官禁，或民禁，客载至省者甚少。自古救荒，不专恃公家赈发。周官荒政，大司徒令移民通财，士师掌荒辨之法。「令民通财」，富郑公救青州，劝民出粟，得十五万斛；赵资政救越州，募富人出粟，括僧道士食有余羡者。

今民情甚急，若远方之粟不至，虽严刑峻法不能禁其攘夺；攘夺既空，不能禁其为乱。望公体贤尊先生仁义之心，父母斯民，捐养廉二百金以为之倡，立印簿二，付上江二县令，劝省城内外富民绅衿合力救饥。粜簿到，老仆即帅子侄共出百金，以为绅士之贰，义民高官佑愿出七百金为富人之贰。金陵城内外乡镇富过于高者百余家，与之等者约二百余家，数千金者不可以数计。老仆除祭田外无一亩，子侄辈衣食尚不充，人皆知其为攘夺所不及，尚出百金，则惧攘夺而乐输者必众矣。旬日中可得数万金，收至二三千金，即陆续遣微官弁及胥役能者赴江广买米，贵置贱粜，庶几民志有定，忍饥以待秋成。闻制府已遣人赴江广买米，金陵计口日食米近二万石，不可专恃制府所买，必公私合力，陆续采买，周而复始，乃可共济。

如公以为可行，望即示一信，以便拟作救饥小引奉览，以凭笔削。或先出簿，而以札告制府，或速告而后出簿，惟审察之。

答甘泉龚令书*

君侯治行矫矫，乃以不得与鸿博之荐为憾耶？学蕴而不闻，朋友之过也；能见而不进，长官之过也。君子无心焉。三礼之学，不识曩者曾殚心否？近无顷暇，不尽欲言。

答陈榕门书*

以仆所见，正人君子居古岳牧之任，惟此时为多。大概皆洁己以守官，秉公以决事。其欲为生民立命，大惧其无以养，无以教，而失其本性者，惟公则然；苟利于民，虽其后或累于己，而绝无顾虑，惟公则然。至不学者见谓迂阔，则振古如兹，虽圣贤无如何也。

小令郎痘殇，闻之心痛累日。以天之道，未有如公之孜孜为善，迈种实德，而不得良子孙以大昌其世者，惟勿以累其灵台！

仆今年六月上旬忽抱危疾，自分必死，立秋后忽渐愈，但食饮尚未能复常。关中檄示，正救时急务，凡章奏有切于康济之实，及此类文书，并兴利除弊，折狱禁奸，可为良吏法者，宜汇辑为一书，与前明新吾吕公实政录并传于后，无疑也。

答陈榕门书*

得手教，言有司匿灾，大吏奉行具文，民穷于无告，令人流涕。就所至之地收恤流民，以待本地有收，听其自回，乃富赵二公救荒之法所未备。屡劝吾兄编次从前实政为一书，非以为名，欲使世有心者用为楷法耳。

弟虽衰病，九治仪礼，益灼见圣人之心，颇以忘忧。忽得尹元孚凶问，半月来，气短心孤。自南归以后，李陈二方伯、庄副使皆中道而殂。元孚志事尤大，而天夺之速，是乃国之瘁、民之穷也。

数年来南中皆有收，而江西、湖广米价加倍，江浙倍且过之，穷民在在与有司为仇，不知虽罄长平仓谷亦无益也。吾兄幸实筹条举以示我，吾党中或有体国忧民者，当与言也。

与黄培山书*

告归五年，求一好经书识名义者，与之共学，竟未见其人，因念贤壮年不汲汲于仕进，授徒色养，似有志于斯。愚为先忠烈断事公建专祠，左厢有小屋三间，将以「敦崇」名堂，痛世教之衰皆由人心偷苟，不知敦厚以崇礼。必能行三年期功之丧，复寝之期一如礼经，有无与兄弟共之，不私妻子，始粗具「敦崇」之意，而比类以成其行。亡友四人，曰刘捷古堂、张自超彝叹、王源昆绳、李塨刚主，为「敦崇堂四友」；及门则宁化雷鋐、桂林陈仁、黄明懿可与于斯。未审贤有志以为己任否？其痛下功夫在好学力行，知耻迁善，改过日新。宜标揭楹间，触目警心。余不赘。

答刘任邱书*

始相见于都门，即觉老先生与高阳李德孟臭味与吾辈相近。儿章归，得手教，益信超然欲投高轨。窃观古之能自树立者，必视穷达险易死生为一贯，然后能担负名教，不中道而自弛。[一]平生思得北方学者与相砥淬，迩年洛阳李余三、[二]安州陈廷彦、[三]博野尹元孚皆时位少可以自达而身殂，甚忧斯道之孤，望公进德不倦，为吾党光。与李世兄通书，亦以此告。余不宣。

〔一〕直本，「弛」作「驰」，且「驰」前无「自」，据原稿改补。
〔二〕「三」，直本作「之」，据原稿改。
〔三〕「廷」，直本作「庭」，据原稿改。

答程葭应书*

熊又昌回白门，接手札，时既冠之孙疾亟，不幸于八月下旬脆促。长子道章忧劳，故疾复作，于十月中旬长逝。百事俱废，凡族姻生徒唁札皆不能答也。

前札称谓仪式一与夔州同，在足下爱兄敬长之心出于至诚，但师弟子之称，时人多苟用，必既其实，乃见古人之义。仆少壮游四方，数至吾门，必请业而后已者三百余人；及赴诏狱，入省视惟夔州一人。用此，难后三十余年讲以所闻者惟黄世成、雷鋐、刘芳霭等，不及十人。如足下之服义强仁，固愚心所愿与步趋古人者，必以为可师，必来北山讲问旬月，定所祈向，力行不息，以希东汉诸贤之辙迹，以视从问文章者，则皆瞠乎后矣。若遥为师弟子之称，则不若以世讲而为道义交之得其实也。

足下平生善行，实世目所罕见，自当为文以传之，今以联扁先，但止可悬书屋，随时体验，不必置普济堂，以平生有题额及楹之戒，恐滋众人口实也。

答钟励暇书*

寄惠鹿茸，正衰疾所急需。但吾兄与大田岂能以珍物为礼？望以原价告儿章，仍假于高行以偿二君子。受而不辞，乃见古人之义。

为我告海宁，其尊人外碑作于其长御史时，通篇以刘念台先生为章法，不可入居政府事。不惟左、马、退之长篇不可增减，即欧王叙事文浮冗处不芟，而旁说则不可增，以有章法故也。余不宣。

答冯生祁书*

得来札，知去腊扶榇至家。尊公才识高出众流，愚一见即决为救时名臣，不意甫秉节钺，遽尔淹忽，豪俊云亡，邦国之瘁，岂惟知旧中怀恻怆？然以死勤事，宜登册书，亦可以无恨于泉壤矣。

前札索苗疆图及原议，屡问纪纲，皆云尚无确邮。会有司锻炼兄子，势正危急，旬日未得通问，而宅眷及郎君已西归。今先以原议奉寄，录毕仍望寄我，将以付有心人，冀终见诸行事，亦公之志事也。都门绘图人索价太高，已付河督顾用方属存副本，候取回原图，再寄。四金望市牲醴果蔬，荐告寿宫。

读礼之暇，宜留心古人经世之学，以绍先烈。兄子遭诬，虽半得昭雪，而毒痛已极，近其兄以忧愤致疾，殁于望后三日，门祚衰薄，一至于此！衰夫短晷，心绝志摧，未知尚得首邱否？临楮呜咽，未尽欲言。

答单生*

春秋通论义例未画一处，得贤勘出，大有功于此书。簿书烦剧，中心尚能细入若此，岂惟敏锐过人，亦凡事不苟，竭诚于师友之验也。

惟纳卫朔，舍同代之陈蔡而首郑，则有说。周之东迁，郑以畿内懿亲，首叛共主，繻葛之师，罪在不赦，突又以篡立，与兄弟争国，使王之讨得行于朔，则次当及突矣。当是时，昭公既弑，子亹惴惴然莫必其命，故突厚自结于齐，与之谋纪。而宋公凭又自郑入，以乱而立，则纳朔之谋必突阴主之，而假手于齐宋，以定朔而自为树党也。鲁与陈蔡则听于齐、宋耳，其不与伐以初入于栎，子仪在郑而不敢出也。此义当于细注见之。今已锓板，贤他日于经说中并所遗鲁夫人谥法，为我存之。

易、诗、书、春秋、三礼，凡已行于世之书，愚皆别择，欲各为一编，以省后学心力，而使无歧趋。钟君励暇已编定春秋义疏，今嗣事于戴记，三年而未成，以在京师日力分于外务也。余经若贤能自任，则老夫余生可优游以卒岁矣。但其规模条理必面讲乃可定。未审衰残之躯尚能逮否？不宣。

答吕□□书*

接来示，具见襟抱闳远。圣主颁谕求贤，恳恻感人，而数月以来未闻诸公有所称举，一似并世竟无其人者。某窃谓彭鹏晚节已为公论所弃；即陈宾廉谨外碌碌无一事可称。就某闻见中，高出其上者十数人，惟比踪汤陆，则信乎其未见耳。近观明史，抗节致忠，死生祸福不入其胸中，一卷之内必有数人。就汤陆立朝事迹衡之，汤陆尚未之能逮也。二公不可几及者，惟以道事君，能灼知孔、孟、程、朱之志事耳。某前书所云不过当官干实，李武定、陈湘潭规模已略相近。等而上之，尚有大事在。以吾友坦易洞朗，有豪杰气象，故复以此告，想不以为阔于事情也。

兄子道永事，远近相骇，近始少得昭雪，而其兄感愤成疾，于本月望后溘逝。衰夫心灰泪血，如或不宿，与公等相砥勖更无其期，故匆匆中略暴所怀。诸议未暇录稿，异日定当寄览。余不赘。

与亦老道丈书[一]

令亲处撰文润笔如已交来，望为掷下，缘日来正觉拮据也。琐渎弗罪！弟方苞顿首亦老道丈。

[一]直本题下按：「此文从海盐吴修石刻昭代名人尺牍中录出，原系摹刻行书。」

答徐宜人书*

宜人佳句久传四方，曩贤郎见示，某以治经未暇批阅。顷承手书通问，兼示挽尹太夫人诗，章法格调深得少陵遗则，不独近代闺阁中无伦比也。夽田事自当致书夔州，但其兄子久已成立，自作主张，不审夔州能指挥否？谨留二箑奉扬清风，董字海杯扇坠敬璧。如有余闲，取平生最惬意之作，用各体字写数篇，俾裱小册，以存墨迹。已刻经、子八种奉览。中有服问一编，乃人纪根源，贤孙辈四书毕，便宜令熟读讲问。余不赘。

戊申正月示道希

得正月十日报，知嫂终不起。我乙巳夏已见魄兆，故前书屡及之，恐汝久病积忧，忽遭大故，损身以伤孝也。嫂为未亡人，年已六十，无可甚哀。但在吾家逾四十年，未尝一日安享，又死不见孤，其疾以膈噎，必因姻家相累以致此，可伤也。汝为副使公以后宗子，未有嗣息，义宜致敬而不得致哀，故为汝悬衡今古而取其衷，惟慎行之。

古人于父母，凡可以致隆者，无不尽也；而惟善行则不可凿空构设。故学士大儒父母状志或阙焉，盖苟无大异于恒人，则不敢为溢美之言以诬其亲。吾家先妣自太仆王恭人以来，世有淳德，而谱无传，墓无表。先君五龄失恃，故余于祖妣以上皆无述焉。汝为母请志，情也。汝母在吾家，以承先妣，则上方不足；顾视诸子妇，则下比有余，节以一惠，亦尚有可录者，当为汝略存其实，汝辈毋妄有称引。

丧纪莫严于近内，故男女各有次，限以内外，偕作并息，虽有不肖者无由接于淫，非所以绝恶于未萌也。道希、道永即以母之室为庐，介妇次冢妇之室。拜奠，夫妇易期，不得相面。庐不于中门外者，诸妇无所统，奴婢出入宜讥也。在礼居垩室，非时见乎母不入门，恐与内人接也，故不得相面。

道章宜三月不御于内。然闻其为姻家所累，世母号痛，连日不食，可伸哀至五月。示女幼失母相依，宜次吾家五月。若以家贫多事，不及期而归，必与婿异寝。我难后，勤女抚于世母，如母必期后更伸禫服一月，乃得遣嫁。

嫂叔古无服。后世虽加以小功，于礼尤所用哀。而我闻嫂之丧，气结累日，盖哀其事吾父母，日从灶上扫除也；哀其侍吾兄之疾，昼夜无宁息也。先君殁后，我以老母盥馈，责嫂益严，嫂常含怨怒，即道章亦疑余过当，不知此易所谓「过而亨」者也。兄将终，命嫂事无大小，受我节制，一如亲听命于兄。陈大义，谨细故，使相畏忌，正所以起教于微渺，故克至今，终无堕先兄之命耳。今内失长家老人，我无归期，道章北上，道永岁至故乡、繁昌、高淳；中门以内，女妇十人，无大男子，唯道希一人。必深体此意，严明礼法，俾上下斩斩。若仁而不武，患不胜言，久当知之。

丧，敬为大，哀次之，瘠为下。道希久病，羹用豕膏虾卵，十日一肉食。道永则量其所能行而勉之。

道希兄弟可先取我所著丧服或问逐条体验。日看勉斋所编丧礼，次祭礼，次朱子所编仪礼经传，旁及地理书，就刘丈梧冈讲说。饭后经行，日五千步，以渐加，多多益善。秋冬自入山卜兆，事无先此者。

道希冢子，年长行端，诸弟一禀命，所不待言。昔予南归，姑姊妹道冢妇日益修饬，今命主内事，而道永、道章之妇分日佐之，勤女、长孙女记钱物出入，月有要。二人出阁，则次孙女继之。冢妇不得以无子自怠，勉持纲纪，使诸事有余，则道希得自将息，为免丧后生子之地。此吾家第一重事，亦冢妇义不可以苟委，情不可以苟安者也。群妾宜使识字，将来登记簿籍。

丧事主哀。而老疾不能致哀，则以敬达之。毋近妇女，毋嬉，毋游，毋纵谈笑，毋醉，毋饱，敬之郛廓也。守此，则心不弛于逸欲，而身亦不敝于悲忧。我自先兄之殁，心气淤伤，小有感触，辄哽噎中满，夜不能寐。前年得古塘凶问，去年寄园先生卒，杪冬闻嫂疾危笃，惧道希不能支，皆用此自镇，因悟记所称「无服之丧」及「有忧者侧席」义固然耳。未老无疾者亦宜知此，但于丧纪各勉致其哀而已。

家报红签，非礼也。可用竹纸，俟我服除，加古色笺。道希辈小祥易淡淞笺，至禫毕。

己酉四月示兄子道希

前闻汝与道章定计，遵汝父遗命，吾兄弟三人同丘；又能权义将葬汝母，而以叔母蔡氏祔，私心甚喜。如此，则义明恩洽，可以教世世子孙之为兄弟者，可以教世世子妇之为冢介者，吾世其兴矣！

前书所云，以痛道希、道永皆有子而殇，异日我死，开兄墓以葬，或不能无疑。又阴阳家之说，据所闻见似亦有之。苟兄之灵已慰，弟之魄体有依，我即异穴而近依父母兄弟之侧，情亦可安。所以托言我死之后恐道章溺于术家之说者，不忍正言以伤道希之心而益其疾也。不意道永归忽有异议。昔章子遭母之变，尚不敢欺死父，汝兄弟乃无故而背先人之治命乎？父母身后之事人子主之，安常而无遗命者则然耳。汝忘汝父属纩之夕，驱汝母及汝于户外，而命我独侍乎？数十年以来，凡有吉凶事故，汝父必于我见梦，精爽炯然，倘违其夙志，则九泉之下私恨无穷。在道永不过以合葬父母为安耳，吾家自姚太君以上不合葬者三世矣，且死而无知，合葬何为？其有知，则背遗命而强置汝母于其侧，不独汝父怨恫，即汝母之魂魄亦有不安其宅者矣。我非受命于兄至再至三，何故狂易，必不使汝兄弟合葬父母？独不畏汝母之鬼责乎？若终不寤，则任汝所为，而别葬三叔父，即于右方筑圹以待我，我将自为铭预刻，以告族姻、友朋，俾道章异日不敢背也。所以任汝自择者，恐汝私意回惑，故疾转加。若以义衡之，虽不以三叔父祔，亦宜父母别葬，原父之心，为此稍安，是谓事死如生也，尚详思之。

己酉八月示道章

我初闻改葬世父叔父忽有异议，意两兄实主之，不谓汝则为梗。在两兄以父母合葬为安，虽不知仁有大小、义有轻重，而持之尚有故也；在汝，则处心积虑，不可以自问，而谓游言可掩饰乎？

汝见世父遗命我固执之，而两兄不敢违，乃曰：三人同丘，固无可言者，但合葬时或世父居中，或以行次，必父与世父宅正穴，而叔父祔其旁。忍哉言乎！是专信术家之语，谓叔父早死无后，而可置之地气所不到也。鄙哉言乎！是惟恐置父于地气所不到，而无以为子孙之福利也。术家之言：相去咫尺，地脉各异，气所不到，水蚁必生。果若所云，我与世父安措于吉土，而任叔父灾于水蚁，揆之世父三人同邱之初志，悔痛当何如！是汝自为不仁，且陷父于不仁；自为不义，且陷父于不义。设心若此，子孙将斩焉，而谓可以求福利乎？

今与汝兄弟约：改葬得兆，任汝与术家相度，但世父必居中央，并为三圹，而虚其右以待我。逾岁，穿圹外以验之，水入中央则更迁，而我与叔父从焉；水入左方，则宅叔父于右方，而别穴冢前之左右；是不可得，则于大父母墓侧。独右方水入，亦如之。

又南中葬必以冬，此葬师所以愚主人也。至冬，则地气下降，虽有水不可得见。自今以往，择日必于仲夏、季夏、孟秋，溽暑土润，水之有无，立可见矣。[一]汝兄弟但宜畏义强仁，自求多福，亦此为可信，毋惑于俗言。戒之慎之！

[一]原注：「燕俗：旬月中必葬，夏秋尤急，绝无土王不宜用事之说。」

庚戌年立秋后二日示道希兄弟

谕道希、道永，道章：我六月朔后三日夜中，右手第二指麻木；天明，欲起坐不能；竟日不食。自谓大命将至。服补中汤，次早思食能坐，又次日能立，又四日麻止，杖而行如常，但右膝辟强、胸腹内热而已。人生如寄，虽少壮不可测，况衰老乎？

自痛此生亏缺人道，大父爱我最笃，而我愚蠢，每见大父以伉直简傲为时辈或名贵人所衔，退而切谏，不能愉色婉容，致大父不乐。大父知我愧不敢前，每就问家事，或命翻古书以解我惭。我不自敬戒，身陷刑罚，使大母惊怛逾年；幸荷圣祖皇帝如天之仁，得生相见，而衰病不任车船，在途遭火恐；又自京城移海淀，眩晕呕逆，止道旁移时；既至，困不能兴。三叔父将死，我以小疾避居野寺，不亲殡敛。异日我死，敛用厌冠袒右臂，勿讣，勿作行状，勿求志铭，使我负慝怀惭于地下。

临终遗令，恐汝辈以为乱命，故早正告汝。此札可呈四房三叔父、曾、鲍、谢三姑丈、吴思立表叔、吴佑咸先生、翁丈止园，抄白寄龚孝水、佘西麓、吴东岩、漪堂、曹晋袁、韩祖语、祖昭诸先生，恐异日远方朋好生徒以为诧。

示外曾孙宋启锡*

汝今年十有一矣，当知乃祖乃父中道脆促之悲，嫡母生母少而为嫠之苦。必敬身，乃能承亲治家；必力学，乃能守身制事。赐汝方镜、端石。心不正，则色与貌随之；行必端，当介于石也。小子勖哉！

代扬州太守张又渠课士牒

盖闻士者，国之良材，庶民之表的也。惟皇上御极之初，躬诣太学，释奠于先师，训饬群士，增广乡会试定额及博士弟子员，良以礼教之典、风俗之美必自学校始。昔我先公巡抚八闽，移镇江苏，督仓潞河，所至必观于国风，聚群士之优于文而行不悖者，立学舍，延师儒，以正教之。予不敏，承学于先公有年所矣。兹膺简命，来守是邦，将以某月某日会诸生于学宫，而校艺焉。

予闻：言者，心之声也。声形于外，则君子以知其中，而况四书之文以代圣人贤人之语？惟其有之，是以似之；惟其知之，庶几近之。故自有时文以来，卓然名家者凡数十人，其文之气格规模莫不与其性行相似；其或剽猎浮华，以干时誉，其人必诡僻邪佞，身名既毁，文亦应时消灭。然则学者之趋向可不预定欤？诸生幸各竭其心知，予将慎取焉。

为刘氏诸孤求赙启

刘君月三平生非义一介不取，客游归，解装辄尽于族姻。今遗孤四人，长者年十二，寡妻、弱女、妻之母、老婢凡八口，无一椽一垄；羁滞金陵，族姻无可倚。苞兄弟童稚即辱我友不遗，安得晏然？将卖故乡遗田，以五十金先之，而求助于众君子，冀得二百金，于金陵买负郭中田三十亩，中岁得米十二石，日一食一粥，母姊纺绩以给薪蔬，庶可俟其长成。

我友夙心耿介，故非其亲懿、故旧、同谱弗敢请也，非其亲懿、故旧、同谱之贤者弗敢请也。谨书二册，一致王若霖于江南，总南北所赙，并以付先兄长子道希，浮于所期之数即不得受。买田后，道希执契为经理。俟诸孤能自立，择其有志行者使经理，而不得付以契。其家别有急事，不得议弃田典租。诸孤中有富显者，则以归育婴堂。二册所载互登之，若霖跋其后，一付道希，一付诸孤，俾后有考也。

为子道章求婚鹿氏启

恭惟执事，一代清门，累朝民誉。袁杨素德，讵云簪绂之华；韩吕家声，克绍箕裘之业。成忠作孝，本内则为始基；说礼敦诗，自女箴之不废。大家有训，世传曹氏之型；谢女能贤，人说希深之妹。阃内之仪久著，宗室之教宜成。某自鄙虚庸，仰惭先绪。江东顾陆，在昔称华；关内景昭，于今为庶。窥兹贱息，贸尔颛愚。疆亩陈修，先畴未服。诗书呫哔，旧学难承。念授室之必时，冀徽音之有嗣。敬敷筵几，斋告先期，遥望庭阶，吉□是纳。通两姓之好，合以丝缗；缔百年之盟，施于松柏。案陈庑下，非徒羡门户于崔卢；愊在中田，尚克并勋庸于孤赵。仁贻音指，曷任荣施！

赠序类附通论一首

送宋潜虚南归序

京师地隆寒，多风沙，郊关近所，无池塘林麓之观，人畜[illegible]阗，粪壤交衢肆。羁客远人来游此邦，与其风俗不相谙委，居无所适，游无所娱，尘事[illegible]然，无所发其志气。又可怪者，佻巧谀佞浮嚣之徒至此则大得所欲，贤人君子鲜不召[illegible]取怒、抑塞颠顿而无以容，故论者常谓非仕宦商贾不宜淹久于此。而余独念：潜伏山[illegible]深奥之中，所见闻不越乡井，虽连州比郡数百里间，风声气烈相闻者，思与游处往还[illegible]亦不可得；而京师，帝者之都，四海九州人士之所会，无用舟车仆赁之资，水涉山驱[illegible]苦，而得以尽交天下之贤杰，此又其可乐者也。

余从事朋游间，颇得数人，其倜傥自负，而不肯苟同于流俗[illegible]，则或庵王生、潜虚宋生。或庵燕人，亥子间往来江淮，已与余相识；而潜虚与余生[illegible]乡，志同趋，以余客游四方，相慕用而不得见者且十年余，而于京师得之，则余岂不有所乐乎此耶？余性鄙钝，每见时辈稠人广坐中，工于笑貌语言，辄俯首噎气，及就[illegible]君子，证向古今，

[一]或风雨之夕，饮酒歌呼，慷慨相属，若不知其身之贱贫羁旅轗轲而不合于时者。

自或庵南游湖湘，余已索然寡欢，实与潜虚相倚以增气，而今亦以其大父之忧，卒卒而东。然则，余向之所乐于京师者渐以无有，知余志者益希，余岂能郁郁于风沙粪壤中，与时俗之人务为浮薄哉！开口而言，则人以为笑，举足而步，则人以为迂，余亦何乐乎此哉！潜虚之归也，余为道因缘会合之不可常，相与太息，曰：「子即书之以赠吾行。」是为序。

[一]「向」，疑为「问」之讹。

送佘西麓序

昔公羊氏之说经也，其谬戾多矣。然犹幸显悖于道，不足以惑人。而习而不察者，莫如「母弟」之说。故程子辨之，以谓母弟者所以别嫡庶，嫡死则母弟以次立，非谓有疏戚于其间也。夫春秋之以兄弟书者，以其未有爵列，故以其属称，用别于公子之为大夫者耳。曷由知其母之同异哉？程子所以不深辨者，徒以解时俗之所惑，而于经之本义有不暇详焉耳。自吾有闻见，凡前子之于母，后母之于子，一视如所生者，十不二三得焉；异母之兄弟笃爱而无间疑者，十不二三得焉。自子言之，则为不有其父；自母言之，则为不有其夫，岂非人道之极变哉？而相习为故常，甚矣其不思也！

吾友余西麓，博学有文，名称盖州部，而少壮未尝一至京师。近六十，忽来游。叩之，曰：「昔吾有弟，能服贾以养吾亲，吾是以能不离亲于外也；吾弟死而家落，父不能葬，母无以养，故颠顿至此。」馆于余逾年，凡春秋霜露，未尝不痛其弟也；风雨寒暑，未尝不念其母也。一日告余将南归，曰：「吾女弟之夫死，吾不归，吾母疾将作矣。」因叩其家事，始知西麓少失母，母抚之不异于所生；而西麓之于弟妹，亦终其身无间疑。夫古称孝者，多以后母之不慈而彰；而西麓之孝，乃以母之慈而隐，是其母子皆可风也。于其行也，遂见于文，兼著「母弟曰弟」乃公羊氏之过言，而春秋本无此义，以补程子之所不及云。

附通论一则

诸侯之兄弟见经者十，传曰母弟母兄也，奔者讥其薄于恩也，盟聘帅师讥其过于宠也。夫经书兄弟，未言其为母兄母弟也，岂奔异母之弟，遂无害于恩乎？若讥过宠，则未见齐年、卫黑臂之以聘与帅师阶乱也。以无知与剽之篡弑，而预讥年与黑臂之过宠，则义不可通矣。又况无知与剽之世系本不见于经哉？按左氏秦伯之弟鍼惧诛也，卫侯之兄弱足也，公弟叔肸不义宣公而不仕也，他如齐年、郑语、卫黑臂、陈黄、卫鱄、宋辰无一有职司者，而经以公子书者多执政，然则称公子者大夫也，称兄弟者不任职也。盖公子之属疏而无职者，其出奔见杀，皆不著于册书，惟君之兄弟特书之，盟聘帅师则见其未有职司而任国之大政耳，惟陈招前后称公子，而杀世子偃师称弟，则著其以亲属而忍为大恶也。君之兄弟与公子公孙皆以其属称耳，微传者无以知公子为大夫，而称兄弟者为无职也。经固具此义矣。陈招前后皆称公子，使非杀偃师，则竟不以弟见矣，是弟而为大夫者固称公子，而不称弟也。以是知称弟而不称公子者为无职也。会与盟聘帅师等也，虢之会，陈招称公子，盟聘帅师独不可以称公子乎？然则称弟之为无职也审矣。诸侯之兄弟见经者十，而传独于陈招称司徒，则公子为大夫之称审矣。盟聘帅师则宠任矣，而不得为大夫何也？春秋时，卿多世职，居位任事既久，非有大故不得废而使人代之也。而君之兄弟又不肯别居微职，故独以其属称。王季子来聘，亦此类也。

辛酉送钟励暇南归序

乾隆五年夏，励暇南归觐省，再乞余言，应之，而未暇以为。逾年秋，复以展墓至京，将行，固以请。

忆予与安溪李文贞始交，劝以治古文。公曰：「吾于周易、洪范尚未入其藩，无暇及此。且子不闻市人之语乎？所出之财与物相当则曰值。禹八年于外，三过其门而不入，诸葛亮鞠躬尽瘁，死而后已，值也。嵇绍仕非其义，而以身殉；刘琨不度德，不量力，动乎险中，以陷其亲，则不值矣。而况其每下者乎？夫治经，特适道之径途耳。以吾子之性资，不思接程朱之武，而务与欧柳争，不已末乎？」余尔时亦心知其然，而溺于所习，未能决去，以专从其大者。志分而力薄，终老无成。每念斯言，未尝不隐自悼也。

君以不忍离亲，会当得官而不就者，数数然矣。此众人所难，而自君子观之，则人子之疏节，不足异也。古人之处而不出也，或求志以不疑，于所行若将终焉，则守先王之道，以待于后。假而优游岁月，使其身终为可有可无之人，其学为可有可无之学，则岂若知效一官者，尚或少济于民物哉！兹行也，吾与君后会难再期矣，惟自审所处，念兹在兹，而无遗他日之悔，可也。

过济宁别杨千木

余与海内士大夫往还近五十年，自成童侍先君子，百年中耆旧犹间及焉。其间博记通、富文藻、天性醇良、操行孤洁者皆有之；至于修身慎独，而以圣贤为必可几，与夫材识确然足以立事者，则未见其人也。中岁，得清涧白玫玉，其疏节类古豪俊，其后得长沙陈公沧洲，又其后得吾千木。初定交时，以是语之，瞿然曰：「吾非其人也。吾观汉唐中智之仕任将相者，其于设施数变之后，皆究知其利害。往者，武进赵司农劾商人冒滥，请以采铜责督抚，吾心快之。不知令朝下而吏夕困，吏困而民又甚焉。以是而承国事，则偾事而枉民也必甚矣。」然余以是益喜千木用心于物理之实者，盖非一日，而果足以有立也。间语沧洲，沧洲亦以余为知言。

千木久困公车，求试于南河，久之，分司高堰。高堰自梁以来千余年，为淮扬二郡利害甚剧。千本甫受事，而洪泽湖涨，下河居民当其冲者，日夜装载离居，穷民倚担以俟。千木昼夜立水中，率吏卒修救，水深没踝，凡四旬有七日，堰得不溃。时沧洲奉命巡河，叹曰：「方某果知人！」因与定交，慷慨相勖。时康熙五十九年也。[一]今皇帝嗣位，沧洲实授河督，以高堰地重，非千木莫属。三举监司而不与，或诧之，千木曰：

「若是者乃深知我也。」及陈公卒，身后之事惟千木为之尽。雍正二年夏，余请假归葬，道清江，淮以南之诸司，民誉莫并焉。逾岁北上，而千木移官济宁，过其治所，河以北之诸司，民誉莫并焉。大府监司之贤者，狱有疑必付之，政有疑必咨之。余既喜所期于千木之不谬，而又以叹天之生才之难，与生而用之而竟之之尤难也。以玫玉之气，而老死于穷巷；沧洲则屡进而屡踬，晚达而遽亡，曾不得展措于期月之间，惟千木今始见其端倪耳。

夫命于天者不可知，君子所自定，存于己者而已。千木之致功于险艰，动协乎众志，皆其畴昔不敢自信之心所淬砺而出之者也。然是心也，疑谤交加则易动，而声实既著则易弛，时省而力充焉，庶其终有立乎？千木乞言于余屡矣，行有日，申以勖之。

［一］文中原注：「赠诗云：正直消魑魅，精诚感昊苍。」

送稚学士蔚文出守西川序*

韩魏公云：「大臣以李固、杜乔为准，其弊犹恐为胡广、赵戒；若以胡赵自处，弊将若何？」又曰：「琦平生仗孤忠以进，每遇大事，即以死自处，幸而不死，皆天扶持，非人所能也。」稚学士蔚文出守西川，索余言，[一]惟君可与言此，[二]故书之，以比于古者赋诗兴导之意，即以为余之赠言可也。

[一]原稿「言」下原有「赠其行」三字，后自删去。

[二]直本「惟」前有「其」字，据原稿删去。原稿「惟」下原有「稚」字，自删去。

朱母冷太夫人八十寿序代张砚斋

皇帝御极之元年正月，御史大夫高安朱公轼因奏对陈情，乞以夏四月归省太夫人，兼持先公余服；秋七月，为太夫人庆八秩，然后治装，入襄圣祖祔庙大礼。天子感焉。诏封太夫人正一品，御书匾额，以嘉母德；赐白金紫貂，使归为寿。

大夫自服官即洗手奉职，出入中外，所莅吏民威怀。及抚两浙，入掌邦宪，圣祖向倚方殷，故先公考终，特命夺情。大夫援古义请即戎于西陲，会山陕大祲，民人流殍，遂命往赈，兼治大狱。事竟，听便道归持服。壬寅冬，以入临赴阙，嗣天子寄以股肱耳目，出正朝议，入司预教，朝夕内廷。众皆谓大夫归省之志恐不获伸，而特允所请。盖大夫之德望忠勤夙著于海内，而诚孝谆恳又足以感圣天子锡类之心，故其行身始终，克应经法，而在己无憾事，于人无间言。遭逢之幸，虽古之人有不能及者矣。

余观书传所记，贤人君子能以德业光显于时者，不独祖若考之积累，亦兼禀于母德焉。太夫人天性醇懿，为女为妇为母，毫末皆在于礼。然则，大夫之整于身而施于邦家者，细大秩秩，抑亦太夫人所薰习也。夫古之能以勋名节行荣其母者，莫过于欧公，然欧母早嫠，晚得禄养，又亲历其子之艰危。而太夫人与封公耄耋相守，从容禄养垂数十年，而圣天子之褒赐，又外命妇所未之前闻者。然则，太夫人之遭逢，虽欧母有不能望者矣。大夫归，诵吾言以称觞于堂，吾知太夫人必喜其事信而辞质也。

赠刘氏母仪额并题[一]

余与大山兄弟交最久。其昆仲孝友，邻里重之。戊子秋杪，岁歉。余奉母及嫂率子侄避荒江北。仲山邀余至其家。老母与大山家娣姒相居数月，得悉诸妇之贤。余因载大山妻吴夫人于余之见闻录令妻中。时仲山长子幼龄聪俊，知为其前妻郭孺人所生，而继室郑孺人抚教之如己出，且能助仲山成家道，事姑不懈，一遵吴夫人内政焉。余今髦老，告归隐龙潭，旧识尽没，惟望其后嗣有人。仲山长子崧灵敦厚有学行，次子春田亦多才能，庶乎克荷父薪者也。此固仲山义方有则，亦赖孺人之力也。闻其家人常称述郭孺人虽早逝，而幽娴淑慎有贤媛风，故能生令子不爽云。

余于见闻录载吴夫人，而此两孺人未暇入焉。兹特书「母仪」额授之嵇灵，以赠两孺人，而为世之母劝，且为世之继母箴。乾隆戊辰仲春望溪方苞题。

[一]直本题下注：「此文从匪莪堂文集录出。」

碑传类

武陟陈公庙碑文[一]

陈公庙者，河内之人不忘故总河陈恪勤公而作也。康熙六十有一年，河决马营口，请于朝，凡三至河内，循故道，疏下流，常饥不遑餐，倦不遑寝，病不遑药，以身先役夫而董劝之。自秋徂冬，阅月凡五。南北坝合而复溃者四。三誓于神，愿以身殉。众志咸奋，克成厥功。而公遂弥留矣，所谓以死勤事者也。今天子御宇，上清下宁，百神受职，洪波澄澈，亘数千里。引河自开，不烦疏凿。堤堰闸坝之功，为焉而斯成，筑焉而斯固。民忘负薪捧土之劬，官有进级纪功之赏。休哉！天之所以应圣德，惠苍黎，惜乎公既没而不及见也！

于是，河内之人聚而言曰：「前者广武山下王家沟之引河不开，则马营口不得而塞，马营口不塞，则是鱼鳖我也。公不爱其死以卫我民，俾得延朝夕，以复睹圣天子平地成天之烈于今日，若之何忘之？」乃告于邑令徐君石麟，相与伐木鸠工，为庙于郭外嘉应观右，寝堂门庑毕具。士人张谟、荆鹏展、金永龄、张孝先等实司厥役，父老子弟不令而趋，有弗告劳，若挞诸市。始雍正十二年九月，越十月丙午落成。徐君来请余文，刻系牲之石。先是，上俞抚臣请，祀公河南贤良祠，而怀之人犹拳拳焉专其敬于公者，以公尝陟降上下于兹土，其神如或临之也。逸能思初，安能惟始，其怀人之谓乎？乃撮公浚河大略书之，且系以铭，告后之人无怠。

公讳鹏年，字北溟，号沧洲，湖南湘潭人，持身治民，所在皆著声绩，为时名臣。

铭曰：

昔河之溢，滔滔东流，沁水交涨，漫及张秋。公来自淮，底绩广武，道河南行，俾复其所。我刍孔亟，公涕如雨，再决再塞，有万其杵。马营既陂，兖冀既宁，公没而视，俟我河清。帝曰「劳臣，鞠躬尽瘁，秩祀贤良，俞哉廷议。」惟此怀民，立社以祠，匪私匪媚，明德是思。我田我庐，报以庙食，公功不刊，视此乐石。〔二〕

〔一〕直本目录题下注：「孙氏补遗有目无文，声木从道荣堂文集卷首搜得。」

〔二〕直本文末刘声木附记：「此文虽见于曹谔庭侍御一士四焉斋文集中，其果为望溪侍郎所撰与否，识者自能辨之。侍御文集刻于身后十三年，原本或一文而数稿，或一稿而数改，未必无错误，似难执以为凭也。」

繁昌县令王君墓志铭

君姓王氏，讳廷珹，世居华州，曾大父以下三世皆甲乙科。少随父之官，有无尽索于书籍。乡举后，就绥德州学政。既至，曰：「官以教为名，吾可苟自混于常吏乎？」聚秀民讲学校文，月六会，延其素所屈服者二人以为之师，而与之参伍其议论。丁父忧，服阕，补葭州，其教如绥德。葭州极边，自明衰，士皆废业。至是，乡举有中选者。

君性好文术，以俗事请谒，拒不纳，而日与生徒朋游讲肄，尝倾囊治供具，无毫发顾惜。及窘空，即借助于宾从，略不訾省。既成进士，选江南繁昌县，益自喜，以文学教化为己任。充乙酉乡试同考官，所得多名辈。某士文尤当君心而未得举，馆之，课以文，文成，必端坐庄诵之，或公事方殷而君不出，萌隶皆曰：「吾令又诵某生文耶？」然君虽好文，实不废吏事，其御火灾、除杂征及禁缓葬、弃女、嫁妻，邑人至今德之。戊子秋，邑大水，民或系舟于树以居。君日载熟食分给之，或相随就食官廨。

君既殁十有二年，其子履始介余执友金坛王澍请铭。澍，君乙酉所得士也。又数日，见绥德刘给事祖任，少从君讲授，得君性质行事尤详，乃录所闻而系以铭。君卒于康熙壬辰四月晦前三日，寿五十有六。妻马氏。子三人：长秉义，次履始。女一，适士人。以某年月日葬于某乡某原。铭曰：

且仕且学，而仕亦优。苟而可者，俗吏之谋。嘻乎王君！施则不遐，而迹既留。

安徽布政使马公墓志铭

公讳逸姿，字隽伯，陕西武功县人。父讳玠，顺治甲午副榜贡士，康熙十三年知永嘉县，闽藩叛，围温州，总兵某与贼通，胁从逆，愤骂不屈，与温处道陈丹赤同日死，赠布政司参议。公贵，请易名，赐谥「忠勤」。公以荫起，知直隶霸州，年二十三。霸州旗民杂居，宿豪行权，官不能慑，首锄其尤，境内肃然。前官编审排年，久而不定，乡民苦累；公简稽注籍，分四区，与民期，四日而毕。政成，得上考。擢刑部员外郎，迁兵部郎中，执义守法，长官不能夺。督浒墅关，还，授浙江驿传道。丁母忧，近十年始赴京，补湖广岳常道，调江南苏常督粮道，迁江苏按察使，寻迁安徽布政使。岳常道治澧州，群吏私家供亿丝粟，皆取之民，公严禁，以身先，弊遂革。苏常转漕最多，而运军贴赠钱粮裁减，抵通，缺额，弁卒系拘者相望。适漕督有宿负于公，公不收，请奏复运费，自是粮无逋。康熙四十七年，大岚山叛案迹发于苏，主谳者以刻为明，有司承意，株连不已，公持议平，无辜得解脱。四十八年，凤阳荒疫，公为布政使，力言于大府，题请赈恤，区处救疗，遗民过时歌思。凡大计，群吏多以岁馈之赢缩为举劾，公曰：「然则计其馈乎？」一以治为断。时制府实噶礼，尽反公所措注，然人滋以服公之义也。

公性坦易，当官不矫饰以邀取时誉，务建长利，除伏害，慷慨好义，而不以侠自居。山东郭公琇以廉直忤要人，中流言，发江南质审，大府锐意穷治，公时司关道，赍三千金，未谋面也。余赴诏狱在途，解官守隶委曲调护，事后始知自公。公自江南罢归，七年复召见，特命督理子牙河，卒于官。时康熙六十一年，享年六十有一。妻郭氏，诰封夫人。子位。以某年月日葬于某乡某原。铭曰：

行式于古，而不戾于时；事从其实，而声亦施。于吏为循，于人为惇。用绍先烈，垂光后昆。

白两玉墓志铭

君姓白氏，讳珏，字两玉，吾友玫玉仲兄也。玫玉气盖关中，而尚贤行。兄弟五人皆贤。伯，吾邑令也。玫玉每见余，即津津道仲及两弟之为人。时季可玉既殁，尝述其行以征铭，会余难，失之。难后，见其末弟玖玉于京师，果贤。邑令之子太史仲杰亦贤，而玖玉及伯仲先后皆弃世。丙午夏，仲杰以可玉并君之状至，曰：「吾季父成葬久，子既有诺责，虽辽缓之无妨也。仲父则待志于幽宫，请速之。」

谨按：白氏为清涧世家，文献著关中。高曾以下登甲乙科者几二十人，而君独为诸生以老，然乡人极重之。其家数世不延异姓师，君继诸父伯兄师其家。白氏四世同爨，兄弟各宦游，君常居守，内外无间言。乡人或以横逆加，其后遇祸，力拯之。呜呼，是可谓修饬之君子矣。

君卒以雍正二年十一月，享年七十有一。妻郝氏，继娶南氏，皆有妇道。子三人，长发业，早卒；次权，次方，邑诸生；女一，适士人；并南氏出。以某年月日葬于高村之西原。铭曰：

学之通，遇之塞。行之尊，家维则。既考终，憯幽宅。

行人司司副张君墓志铭

余丙戌礼部试毕，遄归，未得与同年诸君子相见。癸巳，出刑部狱，始稍识其留官于京师者，而独未见莪村。又四年，丁酉，莪村为浙江乡试副主考，既反命，科场弊发，出会质，众独信其无浼，已而果然。沧洲陈公数道其为人，乃与定交，再三见，私计即置之平生昵好中。我村云：「吾与子相信亦然。」

我村之就质也，士不遇者皆郊迎。及还，奉觞荐衣，投诗歌以饯。狱辞成，以失察夺翰林降调。我村欷歔感发，常欲决然舍去。余与沧洲惜其材之有以为，而慰勉之。补国子监博士，转行人司司副，自沧洲出巡南河，摄大府，我村益漠然寡欢，而昵就余。

壬寅六月，余自蒙养斋移武英殿校勘，与沧洲二子同役。冬十月望前一日晨，入曰：「我村末疾不兴矣。」出视之，口喑而心能辨事，投药物弗瘳，逾月竟卒。又逾月，而沧洲亦卒于决河。呜呼，沧洲之未竟其用也，天下知与不知皆为悲痛。我村则端绪未见，其材与志足以有为，独余与沧洲信之耳。呜呼惜哉！

我村姓张氏，讳懋能，江西奉新人。父讳应辰，为名诸生。前母廖氏，母江氏。少贫窭，力孝养，而持身甚廉，既仕不改。妻朱氏。子星仁、星景。癸卯二月将御柩以归，请铭。铭曰：

砥而淬之质愈光，踣而复起众所望。忽陨绝以终古，亦天造之故常。

翰林院检讨王君墓志铭

君姓王氏，讳思训，字畴五。先世上元人，明初迁云南，世居昆明之官渡。君自为诸生，大府交聘，主昆明书院，师其侪辈。及成进士，入翰林，督学江西，主广东乡试，充会试同考者三，乡试同考者再，取士必得，而声名尤著于江西。

余游四方，雅闻君名。及举于乡，籍于礼部，皆与君同年，而未得见。康熙五十二年始识君。时君寓城西隅，草树荒凉，自莳花灌竹木，意旷如也。返自江西，时宿其寓斋，为余道乡国山川之胜及耆民故事，间出诗歌视余，自诵自解说；每至夜分，余倦欲就寝，尚不自休。雍正四年秋，忽得末疾，口不能言，而神气不乱。每见余至辄大喜，将行则怆然动于颜色。逾年得告，首夏将归。余与闽中余田生、河南汤孟升载酒为别，御者以床与坐舁君至堂上共食饮，移时，乃返寝室。余与二君子尚冀君归或有瘳，若贞疾而寿命可延也。既暑雨，未成行，以七月朔后一日卒于旅寓，年七十有二。以余所闻见，滇士以文学知名于四方，唯君为首称，后起者多出其门。卒之后，士大夫知与不知，皆叹为长者。

君父讳天培，母李氏，并以君通籍得诰赠。妻文氏封孺人。长子濂，中癸巳甲午二科副榜，候选教谕。次泗，始生齿。女一，适士人。秋九月，濂御柩南归，乞铭，曰：将以来年某月某日葬于某乡某原，道踔远，敢预以请。铭曰：

身垂老而仕遂，学既显而闻彰。铭以贶子，归安其藏。

李茗斋墓志铭

余同年友李君圣木既殁之八年，其子征熊以贤良征，手君状以至，曰：「卜兆今始从，敢请铭！」

余识君在庚辰之春，一再见，即知君能重名义。时顺天乡试，物议器腾，圣祖仁皇帝震怒，下主司于狱。君与诸城王君同名，尤为众所指目，曰「一富一贵」，富谓君也，而君怡然。及复试太和殿，孝感熊公主勘，见君文，曰：「文能是，则富何伤？」榜发，君名第四，众乃帖。即墨郭公，齐鲁之望也，长御史时，欲论奏钱法，授意于诸客，使为草，皆不称。君至，援笔立就，郭公叹服。由是知名。礼部录科，少宗伯韩公慕庐以君为选首。屡相招，既至，门者难之，君拂衣去，公使追而及之，以此益重君。君久赴公车不第，同举者皆渐致通显，多为君感发，有意相推挽。君闻之，遂不复与计偕，而完葺先人隐居之所，聚乡后进与子弟讲诵其中，亲为指画。远方之士闻风而至者，必渥洽，备主宾之礼。景州有申生者，从君游最久，君既殁，述君所以体貌而砥淬之者，常为流涕。自余客京师，见贵游素封子弟求名称者，必务为寒士容，而众终以富人目之。唯君不讳言富，而一时贤士皆乐引为曹。德州要绾南北，名贵人负时望者不少，而德人及过宾于德而至京师者，士大夫相见，多叩李君家居何事。呜呼！是可以征君之所以自立矣。

君先世故多奇节，祖诚明，当明熹宗朝，逆阉魏忠贤以重币招，遂称疾，不复赴公车。考源，令山西河津，遭姜瓖之变，请兵杀贼，城赖以完，而部议罢归，终不自明。及君生而倜傥，才识过人，众皆曰：「李氏所郁积，其发于斯乎？」而既不试。君本生祖讳诚明，州学生，生河津公，顺治丙戌进士。前妣朱氏、王氏，妣王氏并赠孺人。

君讳柽年，五十有四，卒于康熙五十九年正月朔后二日。妻卢氏。子五人：长褒光，嗣从兄，后本生祖；次征熊，次颖灼，次亶照，次宾燕。女四人，皆适士族。以雍正六年某月某日与卢氏合葬城东大新庄先兆之西北隅。铭曰：

名不隳，学自张；身不遂，志则强。前绪之循，以仪其后昆。

按察司佥事提督福建学政汪君墓志铭

君讳薇，字思白，晚岁更号辱斋，徽州歙县人也。少羸疾，父母怜之。年十二，始就塾师，十四毕五经，父没家贫，学医。久之，复治举业，入县庠，时年三十有二矣。辛酉举于乡，乙丑成进士，选庶吉士。时执政操事久，士多豫附，君竟不与通。辛未散馆，改户部主事。时同改部属者鄞人郑梁、范少阳，皆宿负名称，发愤为诗歌。君独默然治官事，无细大，必竟卷册、稽底案，宿吏巧法者皆惊曰：「是故大府幕中客耶？」

君乡试文久播海内。丁丑，以户部郎中视学福建。士闻君至，固以兴起；及按试，不枉一材，所至生祠而俎豆焉。制府郭公世隆倾心相向；而功令：学使考成专属巡抚，操之甚蹙。郭公纠巡抚不职，以此首列弹章罢去；继代者亦心忌焉，报政考下等。时廷议发久宦及督学政者效力南河，君名与焉。御史廖腾煃越席而前曰：「吾，闽人也，斯人不免，何以劝后？」或曰：「其然，抚臣胡不荐闻？」腾煃曰：「惟其然，故得下考耳！」众皆动容。而君卒不免，以名由廷议，主者实一二人，非众所能夺也。庚辰正月部檄下，闽士皆哗。控大府，求奏请。不得，乃敛费为使者道赀，君力止之，其已输者以讫道山书院工事。既至河上，告贷于族姻，所出不及同役者之十二，而困不能支矣。会遂宁张公鹏翮至，乃属君巡功，而免其征。工事毕，叙从优，遂告归。时年五十有七。购昆山徐氏所刻宋元经解，闭户循览，凡十有七年。每曰：「吾生所恨者三：禄不逮亲，仕不获上，少壮以贫废学，而老不能补，将若之何？」所著经概五卷、堪舆闵俗一卷及诗集藏于家。

君以康熙丁酉十月朔日卒，享年七十有三。父讳一麟，诰封如君官。母程氏，赠宜人。妻胡氏，与君同隐约，辅成孝弟，备苦辛，贤声载里党，享年八十有六，卒于雍正壬子四月二十一日。子四人：长诜，附监生；次诚，康熙己丑进士，知荣泽、固始二县；次起谧，雍正己酉举人；次家谏，太学生。女二，并适士族。孙八人。以康熙己亥十有二月葬于篁墩之大金山，胡宜人以某年月日祔。铭曰：

慎静以召憎，廉公以取嫉。君自安之，而人皆为君咄。惟其心亨，耿无昧于平生。

吏部员外王君墓志铭

乾隆四年冬至后一日，梦金坛王若霖盛服过余为别，冠履皆新，心恶之。寻于钟君励暇家书中得其凶问，果卒以至日。君年过四十始与余交。未几，余在难，急之亚于月

三、彝叹。其学于诸经皆涉其流，而以工时文善楷书名于世。余劝治古文，曰：「吾见子晚，兼此，则书亦无成矣。」

君为人坦夷和易，薰然可即，用此，虽世俗人，多自谓与君昵好。或疑近老氏「和光同尘」之学，而于朋友责善甚严。余出刑部狱，愀然曰：「凡人气苦易馁，而子患不能馁。曩在难无不可；今幸脱，苟弗悛，吾惧祸殃有再。」仪封张公百行总督仓场，刺得漕船羡米十数万石，欲归之官，余固止之。既闻君亦正告曰：「都数虽多，分计之，船各十余石耳。每回空，贫者质帆樯于中路。公不悟，后必悔之。」

君以康熙乙酉举于乡，壬辰成进士，官翰林，改户科给事中。雍正元年，上命以六科属台中，君与同官二人合辞执奏，并调部属，君得吏部。朱文端公为冢宰，欲荐之，固辞曰：「某性寡谐，公诚相爱，则毋然！」遂告归，以锡山好林泉徙家焉。越十有四年而殁。其生时，碑版出，学书者争临摹。甫殁，购其手迹，动数十百金。

子稻孙请铭，会余有忧，继以丧，久之未就。六年秋八月望前二日，复梦君趋而来，语移时忽失所在，俄而推户入，向余哭甚哀。余大痛惊寤。励暇适至吾家，曰：「若霖其欲铭乎！」乃掩涕叙次，以归其孤。君之祖珏，明季诸生。父式金，不仕。母潘氏。妻潘氏，先卒。稻孙，侧室徐氏出。以某年月日葬于某乡某原。铭曰：

不违俗以招愆，而秉心则介然。惟予知子，铭其质于幽埏。

儒林郎梁君墓表

自余有闻见，荐绅能立名义者，三晋之人为多。余所友兴县孙锡公、蒲州张子容皆奇士也。近因锡公而得涑水杨黄在，亦子容友。间过余，道绛人梁君统一之质行，越日，以其志状及从祀乡贤文牒求表。余谢以平生非相知久故不为表志，非敢要重，惧所传之不实也；而于富与贵者尤谨焉，恐近于谀也。曰：「其然，则先生过矣！君子之善善也，务求其实耳，非所识而遗之，则远者何以劝焉？是吾乡先生郿冰壑之徒，张潮州拗斋、王御史元亮之友也。尝溯道统渊源，而近慕薛文清公之为人，谨守其绪言，虽不敢曰是比迹于古贤，而实绛之儒者。吾尝以语锡公，他日可征也。」余感黄在辞意之恳恳，且无以夺其议，乃就志状及所称而叙列焉。

君幼时，汾水暴涨，家人皆避居高阜，母陈安人妊及月辰，不能徙，惟君不肯离。君父造舟于汾以济涉者，君嗣事焉，而岁增修其桥梁。敬祖收族，救乡里之凶饥，振其疾厄，事不可悉数，而尤笃于士类。尝与乡贡冯君创义学，以训邑子弟。绛改直隶州，学使者节临，值隆冬，空屋宇以延士无舍馆者，而供其薪蒸。考君所为，古乡三物之六行庶几备矣。虽不学，犹足以式乡人，况能从贤师友探道而厉学乎？故其崇祀于乡也，子开宗方出在外，而州之士民乃汲汲焉。古者，乡先生殁而祭于社，今法则别祠祀于学宫，此国典之大，乡人所宜直道而行也。然以余所闻见，学校之推颂、有司之褒崇，有与众志不孚而甚则相违悖者矣。余所征者，黄在之以身质，而与锡公相牵引年〔一〕；又君尝入太学，试吏部，得六品官，而王侍御之志称为隐者，且以柳下季之为逸民证之。侍御故立名义于荐绅间者，当无谀言。

君讳万方，字统一，号广庵。祖溱，乡饮介宾。父体壮，祀乡贤，赠儒林郎。君卒于雍正三年五月朔日，享年八十有五。娶段氏，封安人，先君十有六年卒。子闻宗，岁贡生，以某年月日奉君柩与段安人合葬某乡某原。桐城方苞表。

〔一〕句中疑有讹字。

张旺川墓表

雍正八年秋，无极张业书求表其父墓，而以吾友刚主所为传来，谓居母丧五日不食，善事兄姊，数为人情所难，以德于乡人。如其言，虽古独行之士蔑以过也。

余平生非亲故不为表志，唯远方执友生徒或久相信，而录其祖若父以劝厉之。乃与业书要，必俟后征，不敢诺，亦不敢辞。时余族弟弢采令无极，以书问焉，复曰：「所闻无悖。」又有吏于其土者，适至京师，叩之，曰：「邑人也，吾知之。少孤贫，力耕致千亩，在邑为中家。殁久矣，其详无闻焉，而乡人语及之，未尝有瑕疵。」呜呼！乡人之情之难餍也，自古而然矣。矧君以贫致富，尤怨之招也，而众无瑕疵，即其行完善可知矣。业书，刚主之友也，年近六十，除曹县令，将之官，前夕，不介而造余，愿为弟子，余固辞不获，因告以遇事必自念为民父母，则过鲜矣。到官半岁，毁千金家产以纾其民，罢而归，恬如也。以业书之慕义，必知无实之美非所以扬其亲；以刚主之学古道，必知道谀之言不可以播于众。又询得其征者二焉，乃不辞而为之表，其事迹之详则传具矣。

君讳兴家，字旺川。父少庭，捍乡里之患以勇闻。母王氏，妻朱氏，继刘氏。子二：长业书，康熙壬午副榜，知山东曹县，朱出也。次景书。以某年月日葬于某乡某原。雍正九年秋七月江左方某表。

赠朝议大夫李君墓表

赠朝议大夫李府君敬斋，刑部郎中如璐之父也。余与如璐始交而深，一日过余，曰：「璐病疸浃月，衰且老矣，念先君子弃世二十有七年，而墓无外碑，微子无能慊吾志者。前明甲申，先大父侨寓京师，李自成之变，仓皇出郭，寄先君子于邻人役车，途遇乱军，舍置道旁，骕马而去。时八岁，循轨迹至家，乡邻聚观，咸感叹，有泣者。顺治己丑年十有四，遭土寇，先大父守闾墓，命先君子奉母避居东牛村，归省必以夜。尝值官军击寇，积尸载路，鼓三戒，始至家，衣履血渍，止门外，更而入。计先君子平生所以事父母、友兄弟、交朋友、接族姻乡党，璐内省十不能一有焉。非敢以虚美张吾亲也。」曩者，舒检讨子展为余言，新安有二贤士并同馆选，一如璐，一今张侍御天池也。余与侍御一见如旧好，数年中未见有赘行，有游言，乃以府君之行叩焉，曰：「是吾邑中富而好行其德者也，吾犹及之。性慷慨，善议论，喜交游，坐客常满。里中有义事，必竭资聚以佐焉，用此毁其家。老而贫。众曰：是遗其子孙者厚矣。」春秋之义，贤者之子孙则录之，况其祖父乎？以如璐之当官守义，所以称其亲者必无浮于实，可知矣。况征诸侍御乎？乃不辞而为之谱。

君讳显名，字德裕。父讳三纲。母侯氏。少更乱离，年十七，始从师受书。数年，补博士弟子，再试京兆，即弃举子业，奉亲课子。卒年六十有九。邑人公举与八世祖大司农讳敏者定祀于乡。妻张氏，赠恭人，年六十有四，先卒，与府君合葬北郭。子二：长如瑞，岁贡生，开元县训导。次如璐，康熙壬辰进士，以翰林院检讨改按察司副使，分巡神目道，甚有闻，入为刑部员外郎。雍正九年冬十有二月，桐城方苞表。

展断事公墓小引

五世祖讳法，中建文己卯乡试榜，授四川都使司断事。永乐诏至，正告长官曰：「国家以重臣守本司，封疆民社之责，视藩臬更重。纵不能兴师匡复，可自陷于逆乱乎？」众以为病癫。欲列其名贺表，以死争，乃命羁候。寻以正学先生十族被逮，舟行至望江小孤山下，[一]忽被朝服，东北向三拜，稽首者再，跃入江自沈。解官与有地守者，遍求其尸不得，妻子以衣冠招魂而葬。事载钦定明史正学传。邑有专祠，金陵从祀正学祠。

[一]原注：「此据家谱，明初传记皆云潜江天柱山下。」

展川贞姑墓小引

生于四川，族人称曰「川老姑」。初欲自沉求父尸，以曾许嫁盛氏子中止。无何，盛氏子病死，遂撤环瑱，侍母，抚二弟。卒年六十有七。邑中烈女祠，母郑孺人为首，次贞姑。

史氏传*

史氏，仁和人，以弟□□与海宁查嗣庭同会试榜，继室于查。雍正丙午，嗣庭有罪，与第三子□俱病死狱中。至丁未狱成，妻及诸子妇长流陇西。部檄到县，史氏曰：「诸孤方幼，我义不当死，但妇人在，难历长途，倘变故不测，恐死之不得矣。」□□之妻浦氏曰：「我遭遇与姑同，当与姑同命。」作绝命词四章，以子女属其父文焯，同时自经。文焯亦嗣庭同年友也，告予使籍之。

闻见录令妻[一]

吴孺人，江浦刘大山妻也。大山自为诸生，学使者按试后，即招延别择旁郡诸生文。康熙丙寅贡太学，遂留京师。癸未成进士，官翰林。刘氏世寒苦，孺人贫家女也，尽鬻嫁时衣，买婢教以妇功妇容，致京邸。闻有身，喜而不寐。时家渐饶，族姻咸谓孺人宜入京从夫，孺人以继姑老，愿留养。

辛卯，大山以南山集牵连，吏议当长流，圣祖仁皇帝赦免，系旗籍。孺人奉部檄而至，家人皆哭，时发尽白，与大山不相见者几二十年。孺人北徙，与嫠姑偕，曰：「吾不能生育，当与小姑同室。」大山以为疑。曰：「得与君长相依足矣，若共寝处，吾老，内自惭。」自是至大山之殁，未尝同藏。有妾二人，皆罗绮，被狐裘，孺人却而不御，常布衣，浣濯缝纴，愉愉如也。大山既殁，二妾求去，孺人泣而遣之。遗二女，一尋殇，既绝气，犹抱持抚摩，不忍棺殓。大山未仕时，家无奴婢，孺人昧爽扫除灶下，燂汤供盥，馈洎镬水，诸娣姒皆取足也。金陵常阻饥，余奉老母渡江，馆于刘氏，吾母数太息称贤，每举其事以教诸女诸妇。雍正元年，孺人及幼女赦归原籍，依季弟仲山以居。

大山始名枝桂，更名岩，别号无垢，老而好诗，日夕苦吟，有诗数百篇藏于家。仲山孝弟，有学问，乡人重之。

〔一〕直本题下注：「此文从江浦刘大山太史岩匪莪堂文集中录出。光绪二年闰五月，裔孙蘊场明经□□家刊本。桐城戴存庄孝廉钧衡编望溪集外文补遗亦录有三则，虽属纪事，实即碑传类。当时别自为书，嘉言懿行所录必多。惜未能得见其全也。」

闻见录节妇

节妇房氏，高邮州进士兰若之女，宝应刘给事第三子宽之妻也。年十九归于刘。时伯仲宦游，节妇庙见后即秉家政，佐宽营弟妹婚嫁，内外井井。不数年宽卒，节妇以无子自怼其生，卧病不出帷、不下榻者经年。宽之弟越清曰：「吾生子，当先以嗣兄。」越二年生子，命曰子方，弥月，即以归节妇。节妇恩勤二十余年，授室生二子，而子方又殁。

忆康熙丁丑戊寅，余馆给事家，宽始成童，每日入至星见，与诸兄步阶除，背诵左传、韩文，以无凝滞相矜，语言真朴，如子弟之对父兄，余甚爱之。及辛卯，余遘难而宽举于乡，癸丑出狱，逾年而宽死，于时即闻其妇之贤明。又三十年，余得归田里，甲子仲冬，有事于宝应，会子方殡在堂，入吊，抚幼孤，节妇泣于房。

感念前事，乃叩其详于家人而籍之。节妇幼异敏，针工伏侪辈。少长，通史记、汉书。其课子方也，每文成，必先取视，摘发其瑕疵，与师友之说略同。善绘画，宽殁后，摹遗象如生。自此遂弃笔墨。余观妇人贤明者多不得其偶，唯节妇以得其偶而终身涕泪中。然宽也早世，其志行乃因节妇而略见于余文，则节妇之于夫，盖可谓无憾。而自今以往，亦可视孤孙之成长，而无怼于余生矣。

闻见录兄弟之子

张以润，南皮县人，居沧州，业儒不成，乃学医。世父某为易州训导，老且衰，以润劝之归。其二子曰：「舍此，生且无以养。」以润曰：「我任之。」世父闻之，喜，遂告归。

以润躬养，为治特室，朝夕在视寝食；出视疾，日数归，左右无违。异县有相迎者，与世父期；及期不至，漏鼓三下，家人劝就寝，世父曰：「更迟之。」言未毕而至。

以润少孤，母某氏守节数十年，举邑上其事得旌。子棠举乙科，以润犹及见之。

噫！人惟知有父母，而后能笃于伯叔父母，未有笃于伯叔父母而不本于父母者也。故以润之事其母者不复列，而奠其录于「兄弟之子」，使薄者有所愧耻而感兴焉。

记赵氏二烈妇事*[一]

赵晋，福建□□人，康熙辛卯为江南正主考。已复命，科场弊发，解送江南质审，下扬州府狱。妻某氏随至扬候谳。及命下，当大辟。部檄未到前一日，闻之，某氏悬绞环，以帛授婢某曰：「视我投此，即入告主人：『毋就市。』」婢入狱，已告故，为结帛而悬之，候气绝，乃开户，曰：「有罪我当之！」大穷狱中人。太守命押婢归寓禁守，曰：「我不畏死，今尚何逃？」为将小溲者，入侧室自经死。一时闻者莫不叹晋之行愧于妻妾，而悲二烈妇之所遇非人也。

厥后，或讹言晋实未死，脱身逃海外，大府入告，牵连拷掠，受刑至死者数人。乃知二烈妇之决以身殉，乃天牖其明，以曲全其贞洁之身也。故表而出之，以愧明亡失身于流贼而终不得其死者，以为世永鉴焉。

[一]直本题下原注：「闻其事非真」。

记杜烈妇事*

杜氏，山西绛县农家女，闻喜张质夫侧室也。质夫少力学。及壮，好远游，其诗文大书流传四方。既老，忽尽弃所学，从余讲问经义。留都下逾年，余趣之归。质夫无子，闻余将告归，欲迁居白门以近余。会其友杨黄在为县令江西，遂携其妾三人赴建昌，谋所以定迁者。中途旧疾作日臻，杜谓二妾曰：「天且坠矣，吾侪将若之何？」皆默然。舟过彭蠡，俗称「火焰山」下，忽整妆再拜质夫前，曰：「吾辞主人去矣。」方欲问故，已揽裙跃入湖心。榜人操舟逐之，渐远，犹时仰首向舟。求其尸二日，终不得。抵建昌，未旬日而质夫死。

鸣呼！屈子沉渊，不忍见祸殃之有再。而在妇人，则见微守身之义更无以易焉。呜呼！孰谓农家女不事诗书，而能尽性命之理若是哉！

杂记类

重修葛洪庵记

余同年友昆明王畴五卧疾经年，有浮屠师髻珠在视药物食饮甚勤。叩之，则其乡人来学佛时尝从游者。时西山诸寺多请为大师，以畴五羁孤不忍去。畴五既殁，逾年，髻珠定居城东葛洪庵，来告曰：「是庵创自前明，中废，群室为民居，金氏之母张买而葺之。雍正六年，命其子之城曰：『吾见人家静室为子孙所私鬻者累累焉。以为十方常住，唯有德者居之，则常存而不废』。金君乃纠族姻邻里合要而相敦迫，某不能却也。今将刻石以示来者，非公文不足以重之，敢请！」

夫人之情莫不私其子孙，金母乃深虑子孙之私为利而预绝之；之城以母之心为心，无少犹豫，其所见盖与众人异矣。吾闻髻珠游江右浙西，以胜地名刹相扳者多不应；来京师，延者踵接，而竟留于兹庵，岂非金氏母子之义有以相感与？而余亦感于髻珠所以事畴五之义，为是不能已于言。是为记。

重建弘毅公祠堂记代

昔我太祖高皇帝诞膺天命，肇造区夏。我曾祖弘毅公际风云之会，首识真主，早蒙知遇。运筹帷幄，则决机制胜，允协圣心；授钺临戎，则奋勇推锋，屡摧勍敌。爵冠五等，姻连帝室，一心一德，为佐命忠臣。自列圣相承，笃念旧勋，既已配享庙廷，世绵封爵。至于过墓致奠，颁赐御书，勒石褒功，遣官荐告，隆礼异数，不可胜纪。

初建家庙在北城第宅左方，湫隘规模弗称。数世以来，子孙繁衍至数百人，每当时享，室堂阶庑几不足以容。佥曰：「宜更诸爽垲，以恢前度。」乃卜兆于安定门外里八台，与我祖昭僖公祠基址连接，辨方定位，庀材鸠工。会我皇上叙录总理事务王大臣等，公之曾孙讷亲蒙赐云骑尉世职，上书陈奏：「臣无涓埃之效，徒以先臣之故，叨冒圣恩，荣其后嗣，臣曷忍自私！愿让还云骑尉世职，惟先臣祠堂乞赐褒崇，列于典祀！」有旨：「额宜都乃开国名臣，劳绩懋著，著赐予祭典，永恤成劳，其赐讷亲云骑尉之职不必恳辞。」恭承宠命，子姓支属莫不感励。协心僦功，庙貌有严。以乾隆某年月日迁主入祠。春秋良吉，太常致祭，有司荐彻，亲宾观礼，俎豆有光，闾里焜燿。公有子十有七人，世嗣相承者十有一支，十七公神位并设两庑。每官祭之次日，肃将牲醴，家荐岁事，享侑献酬，依古礼经。

伏惟丕记宗功，从享大烝，诗书所称，已为盛典；而家祠永列典祀，比于前哲令德之为民质者，则皇上之特恩，史册所传，未有伦比。凡公之子孙，仰瞻榱桷，顾视几筵，必勤思前人奋迹致忠之艰，列圣崇德报功之厚。惟长惟少，或仕或处，各随其分，而勉为忠孝，以仰承祖德，无负国恩，则可以入兹祠而不怍矣。

公之勋绩纪于旂常，载在史册，无庸备述，故惟纪更祠之始末，敬勒贞珉，以相砥勖焉。

记归舒节母刘夫人举本事

刘夫人，舒编修子展之母也，少遭家祸，苦节数十年，见子之成，而复见其死，酷矣！

子展既没之次年，深冬，节母尚无裘。余与阮君亮采遗四金为赎取，而其家以充他用。因与钟君励暇议，纠子展同好，各出其力，冀得三十金为举本，付亮采，俾子贷，专给节母果饵，百年后以为附身之用，事久无成。

庚戌，亮采之官，转属其兄吏部。是冬，始得十金付焉。逾年，励暇兄弟以十金来，徐侍御、俞侍讲、刘少宰共成之，三公皆子展同年友也。励暇初议俾朋友递代，月致子钱，而不以故告其家人，又惧其数无稽，异日转以病首事者，故与诸公合要，各书所出，其家虽有急用，不得收本，以付吏部为成言。雍正九年重阳日，望溪记。

诗赋类

圣治光昭河清献瑞颂

臣闻：圣人与天地合其德，故能先天而天不违。记称：天不爱道，地不爱宝。而推所原，则惟修礼以达义、体信以达顺之故。是以羲皇仰观俯察，以开道统，则图出于河；大禹平地成天，以济蒸民，则书出于洛；成周之世，太和翔洽，海不扬波。盖圣人以实德实政感通乎天地，故天地豫顺，而示之以昌符，乃理之自然而不容爽者。

惟雍正四年十有二月朔后八日，黄河清。自陕州至邳宿，经二旬有五日不变。河臣相继以闻。于时大小臣工以暨雍庠之群士，术市之耆黎，莫不欣喜相告。佥曰：河千年一清，为圣人之大瑞。然稽之往籍，不过连村比邑间，时或有之，从未有跨三州，绵地二千里，逾兼旬，而澄泓无间者。往岁乙巳二月庚午，日月如合璧，五星如联珠，今复睹此，是皆数百年未有之嘉瑞，此圣主上格天心之符，即我民长享太平之象也。

臣伏念：自我皇上嗣承丕基，诚以事天，孝能继志，阐崇圣道，轸念民依。凡所以训迪庶官，振兴百度者，实与五帝三王同揆，而非汉唐以下所能几及。故天降嘉瑞，亦为数千年所未有。又自比岁以来，圣心尤注于水土之政，涤川陂泽，不惜帑金巨万，为斯民建万世之利，而黄河应时而清，岂非天人相感，深切著明之效与？而我皇上盛德谦让，不受群臣之贺，推本于圣祖仁皇帝。荐告景陵，兼议河神祀典，加恩内外臣工，赐爵各一级，且颁圣谕，谆切戒勉，俾益加兢惕。此大圣人之用心，自御极以来，实德实政皆由此出，所以昭格穹苍，而致数千百年未有之符贶也。

臣一介寒微，叨冒恩遇，趋走内廷，躬睹太平之瑞，近观圣主之光，其欢豫之忱有不能自秘者，乃拜手稽首而献颂，曰：

天命圣皇，澄清海宇，大治濯俗，跻登隆古。惟皇建极，以赞清宁，天既垂象，地复呈形。浑浑黄流，发源昆阜，百谷所宗，四渎之首。流渐湍惕，万里奔腾。安澜非易，矧曰波澄。时维杪冬，辛酉日午，河流湛湛，观者如堵。上自关陕，下竟长淮，万口传呼，欢动如雷。兼旬涉月，荣光照浦；河臣上言，举朝忭舞。三雍九陌，讴颂相闻，儿童妇女，笑语盈门。皇成至治，上天厚之；皇致嘉祥，下民受之。我皇嗣服，百政皆清，明鉴万里，光被环瀛。官方是饬，黜点弗留；士习是毖，垢圬自修。疏决吏弊，滞壅无余。洒濯民风，渐染必除。泽卤渐陂，川源尽涤，地脉开通，土风宣辟。惟河之清，实象圣治，精诚昭格，感动天地。始自豫域，是为土中，下达徐扬，众流朝宗。月在嘉平，岁功之成，日方亭午，阳德之亨。皇帝曰：「咨！予敢自功？实维圣祖，谟烈崇闳。六甲垂裳，德洋恩溥，敬告景陵，以昭天祜。」大哉圣谕，渊乎皇衷，严恭乾惕，百福所从。旷世之祥，申锡自天。我皇集禧，于万斯年。

嘉禾赋

惟洪钧之块圠兮，郁陶蒸乎万类。合动植之纷纭兮，听乾坤之息吹。苟范质之有方兮，亦流形之不易。阴阳奋其协气兮，爰储灵而表异。原圣人之幽赞兮，神明相以生蓍。放勋协和以于变兮，阶蓂茁以知时。治观成而有象兮，吉先事以呈几。皇天不爱其珍符兮，览德辉而应之。惟后皇之穆穆兮，躬亶仁以涉义。诞膺命以建家兮，协元符与灵契。授四时以常调兮，治五行而不沴。虽草木而咸若兮，宜天□之滋至。惟蓐收之清节兮，月既吉而辰良。念作所于无逸兮，爰观民而省方。命礼官以整仪兮，肃跸卫以东行。八龙骧腾以蜿蜿兮，云旗沛以煌煌。百神缤纷而备御兮，山灵扈以翱翔。睇河山之盘郁兮，阒塞矗以苍苍。秋草萋萋而络野兮，山涤净以明冈。凤鸟翏翏于径陌兮，载鸣鸢以陂塘。原隰蒙以丰茂兮，睠鳞萃以相望。忻士女之有谷兮，叹禾黍之日长。听豳歌之祁祁兮，皇情恺以乐康。

惟嘉禾之丛生兮，孕土膏之滋液。蔼轨芴于平畴兮，虺纷溶于长陌。抗一茎以孤起兮，攒多歧而交戟。畅生意以骈枝兮，奋至和之郁积。荫幡缅以曾加兮，光陆离其相射。既彼张而此翕兮，亦左扶而右翼。象并蒂之因依兮，类连理之枝格。念丰年之有象兮，实帝眷之所绥。命从官以掇拾兮，望神都而载驰。示普天之同乐兮，开明堂而布之。展柔条之旖旎兮，振嘉穗之离离。宫草霏霏而生色兮，炉烟驻以如丝。鸾声锵以哕哕兮，赓歌协以熙熙。颂曰：

一人之有庆兮，叹万物之得时。扬英声于策府兮，昭受命之咸宜。感微物之无知兮，迹遭时而得扬。拔污莱与草莽兮，依日月之末光。声一日而喧赫兮，实千秋以永彰。苟托身之非所兮，或奋迹之无期。凝日星之精耀兮，翕雨露之华滋。蕴奇馨而不吐兮，偶稂莠以同澌。受野人之剥辱兮，终委弃于尘泥。苟非常之抽擢兮，实俦类之所稀。虽材实之出众兮，亦遭逢之甚奇。愿委身于笾豆兮，荐馨香于后帝。命天子以万年兮，酬隆恩于勿替。

怅春华

幼读国风，叹其格调，虽汉、魏、盛唐作者莫之能并。意必当时学士有心世教者，」

闻其事而代为之词，以备法戒，与后代乐府同，非尽其人自作也。友人新婚逾月，将远游，述其闺人别辞，甚怆。余悲其意，为长言以嗟叹之，亦无备于兴观之义与？

献岁发兮春风返，昊天高兮碧云远。燕差池兮来归，草弥生兮在阪。空阶兮昼暄，怅春华兮自繄。苏将去兮何方？妾心惊兮不敢言。顾鄙姿兮无取，侍君子兮非偶。颉颃兮翱翔，相因依兮共为友。瑶瑟兮载陈，绮衾兮籍茵。苏一夕兮相乐，过九秋兮三春。君远适兮桑乾，逐征鸿兮行路难。抚壮心兮慷慨，断柔情兮春水寒。思夏日兮烂烂，念秋风兮惊罗纨。况冬夜兮方长，掩空闺兮百虑攒。胡鼓枻兮扬州，妾相送兮吴江头。愿长淮兮无波，使大河兮安流。折杜若兮置君怀，为芳馨兮暂留。登高楼兮四望，见远树兮含愁。惜蕙草兮已晚，按心思兮不自聊。怨关山兮无极，欲相从兮长太息。感柔飔兮多情，吹妾梦兮至君侧。君总辔兮丘坟，妾牵裾兮结罗裙。君停棹兮中洲，妾搴萝兮共寻游。忽寐觉兮无见，心怦怦兮缭转。解佩纕兮结言，自引领兮三叹。闻北方兮多佳人，曳华桂兮善笑频。君见缣兮思素，莫去旧兮就新。月昭昭兮在帷，鸟啾啾兮争枝。机绞声兮相摧，助朝悲兮暮思。望夫君兮不归，妾抱影兮空自知。

孔明躬耕咏怀[一]

尧禹坐茅茨，忧民痗心腑。由光偷乐人，安能茹兹苦？万物正熙熙，春阳冒九土。天与解其弢，深耕待禾黍。

[一]孙葆田于望溪文集补遗附记云：「此集业已刊行，续于宋氏钞本旧雨集内录得望溪诗一首，今补刊于后。」

十月三十日敬步圣制韵三首

逾纪诚和康济心，万邦黎献涕沾襟。昭哉嗣服能无逸，允矣操行罔不钦。致悫致哀经礼协，善承善继孝思深。绍庭上下精诚格，陟降遥知必鉴临。

缟素殷忧日万几，仔肩惩艾益衔悲。丝纶每布先皇德，亿兆弥深没世思。梦觉音容追莫逮，晨昏物候感无时。肫肫大孝尊亲志，惟有于昭在上知。

绝望乌号近七旬，每逢殷奠拊心频。方虞圣主怀忧过，况值常年拜庆辰。恤宅哀诚能动物，敷天感动若思亲。吞声饮泣无终极，负罪衔恩一具臣。

旅夜

似此月明好，吾翁应夜游。柴门犹未掩，懒仆必深愁。书罢伯兄困，尊空老母谋。相看问游子：岁宴倘无忧？

市裘歌呈高素侯先生

西山黄云郁垒垒，堀堁冬声动地起。江东布衣初入燕，虚馆空囊气销委。故裘秃落不蔽骭，短袖纳风中肌理。吾师赐裘裘乃重，意内已若无三冬。涉月层冰叠飞雪，依然项背冷如铁。吾师分赐金，入市问贾客。一裘颇丰温，又不失宽窄。更衣缓步过朋游，归来四体皆和柔。无褐无衣纷布路，男呻女唧谁为谋？故裘吾翁十年着，与我远游壮行橐。近闻斲雪棹寒江，多恐无裘意萧索。附书江东言我煖，吾翁无裘意亦满。

大桥道中

仲冬日傍午，原野潜春和。浮光映远林，渺如隔长波。登城疾适已，耳目清罗罗。动息暂自得，身心非有他。乃知二十年，负此时物多。逝将解嵚鉄，农力南山阿。

池阳道中

追程夜半经池阳，月华正泛天中央。秋空四野群动息，此时造物流英光。云山苍茫如梦里，心魂到处曾栖止。中天事业等浮云，昔者常迷今悟此。

柬某人

之子早通贵，萧然湖海心。诗情尘外得，禅悦世中深。塞草连天白，寒蛩绕砌吟。知君尚幽独，不畏旅怀浸。

探雏卵（兴州儿工探雏卵）

巢林犹被毁，况尔迫田中。饮啄神方旺，归栖卵已空。伏雏情自苦，闻雏迹偏工。何日行春令，斑斑出短蓬。

九日徐蝶园招同郭青岩刘大山钱亮工顾用方游药地庵分韵二首

佳节登临约已频，漫空无奈雪纷纶。天开晚霁联游骑，菊饮寒姿悄向人。福地幽偏洵可乐，素交披豁不嫌真。他年此会应难得，贤达天涯尽比邻。

千秋枫柏拥城闉，一度看来一度新。不借丹黄成绘画，更教冰雪澡精神。将行暝色频催句，欲老秋光转泥人。从此公余常系马，霜华可耐两三巡。

咏古二首

陶潜经世人，心不关沮溺。观其愍春蚕，自待俦禹稷。日夕芸东皋，忧勤犹运甓。春风沂水情，孔颜宜命席。

退之豪隽人，省身殊草草。哆口蹈丘轲，爵位苦不早。其志则刚强，于经实洞晓。端坐孔庭间，千秋作仪表。自知有时明，文书可传道。

赁居孙氏水亭〔一〕

畏途历尽得安居，白首归来万卷书。买取龙潭一溪水，爱他明月映窗虚。

〔一〕直本题下注：「见上元朱绪曾编国朝金陵诗征卷四十三。」

云庄西湖渔唱题词四首

蔚兹云庄，面湖负冈。与庄上下，云影天光。一解

君子居之，白傅是师。如雪之洁，悠悠我思。二解

渔唱三百，溯洄古昔。愿言式从，以永朝夕。三解

高怀清言，企彼稚川。著书以老，汲井似仙。四解

登泰山绝顶〔一〕

泰岱千盘上，春霄有路通。垂天云似翼，浴日海如虹。孔子登临处，吴门匹练中。曾传七十代，于此告成功。〔二〕

〔一〕直本题下注：「录朱豫东田国朝诗萃卷三，原注」；又有刘声木按：「此诗从同邑陈鹤柴布衣诗编皖雅初集录出，己巳二月排印袖珍本。」

〔二〕直本诗尾有「朱东田曰『浑雅』，原注」。

断句[一]

急务莫如存夜气，衰年尤在惜分阴。

[一]直本题下注：「此诗从吴江王罣曾明经元文北汉诗集自注中录出，原系榜于侍郎读书堂者。」

和赵梦白读史断句[一]

萧曹志事仍秦吏，管葛君臣变古交。

[一]直本题下注：「见长乐谢章铤枚如稗贩杂录。」

附录一

评点柳文

方苞

献平淮夷雅表

评云：表简而则，雅亦典蔚。但韩碑古在意义，此独句读不类于时耳。盖退之志在约六经之旨以成文，而子厚则较文字之工于毫厘分寸间也。

铙歌　苞桥章

「以安曰」〇「曰」无下画。

贞符

「尧曰克明俊德」以下〇评云：「摹画秦汉人，形貌亦近，而无可咀味。」

封建论

评云：「议论英发，而筋骨或懈。」

起首评云：「起势雄奇，按之则无理实。」

「不初」○旁批：「稚」。

「夫假物者必争」至「刑政生焉」○句圈。

「挟中兴复古之德」○旁批：「气弱」。一作「词丰而气弱」。

「时则有叛人」九字○圈。

「咎在人怨」○句圈。

「非郡邑之制失也」○句圈。

「时则有叛国」九字○圈。

「时则有叛将」九字○圈。

「失在于制」○二句连圈。

「失在于政」○二句连圈。

「天子之政」至「不制其侯王」○句圈。

「及夫郡邑」○旁批：「气弱」。

「公之大者也」至「自秦始」○句圈。

四维论

「若义之绝」至「果绝乎」○连点。

「苟得矣」至「羞矣」〇三句二圈。

「则义果存乎」〇五字连点。

守道论

「道之器也」至「之事者」〇四句二圈。

「凡圣人之所以为经纪」至「无非道者」〇三句二圈。

时令论上

「凡政令之作」至「而行之者」〇三句二圈。

「斯固俟时」至「人时者也」〇二句二点。

「则其阙政」至「行之者也」〇二句二点。

「然则夏后」至「逸矣」〇连点。

刑断论下

「胡不谋之」〇旁批：「稚」。

「是知苍苍者焉」〇旁批：「稚」。

「是亦必无而已矣」〇旁批：「佻」。

「以谄是物」○旁批：「稚」。

「权也者，达经者也」○一句二圈。

辨侵伐论

「正其名，修其辞」○旁批：「承接不洽」。

「其怜虽大」○旁批：「晦涩」。

「文告修文德」○评云：「满腔私意以诂圣人之经，可乎？」

「而罕知」○旁批：「稚」。

「是以有其力」○旁批：「强合」。

六逆论

「何必曰乱」○旁批：「稚」。

「其为理本大矣」○旁批：「稚拙」。

「而降守是为」○旁批：「稚」。

「而欲世之多」○旁批：「稚」。

「可知及化者」○旁批：「稚晦」。

晋文公问守原议

「然而齐桓」以下〇评云：「转折辟强」。

「误之者晋文公也」〇旁批：「无谓」。

「呜呼得贤」至「失问也」〇连点。

「然犹羞」至「两失者」〇连点。

「其何以救之哉」〇句点。

驳复仇议

评云：「义理切著，文亦劲畅。退之以文墨相推，以有此种耳。」

「其本则合」至「而并焉」〇三句二圈。

「盖圣人之」至「而已矣」〇四句二圈。

「若元庆之父」至「其私怨」〇四句一圈。

「是守礼而行」至「何诛焉」〇连圈。

「其或元庆」至「于法」〇四句二圈。

「是非死于吏」至「何旌焉」〇连圈。

「是必达理」至「仇者哉」〇连点。

桐叶封弟辨

评云：「此篇苦效韩公子郤克分谤篇。」

「王之弟当封耶」至「以成之也」○四句二圈。

「设有不幸」至「从之乎」○连点。

「设未得其当，虽十易之，不为病」○二句二圈。

「若戏而必行之」二句○句圈。

「或曰」至「成之」○连点。

辩列子

评云：「古雅澹宕」。

「鲁穆公时」至「知其时」○句点。

「然观其辞」至「而已矣」○连点。

辩文子

评云：「意致妙远，在笔墨之外。」

论语辩上

评云：「此二篇几可与韩子并驾争先」。

「或曰」至「之徒也」〇连点。

论语辩下

「论语书记」至「是何也」〇三句二点。

「故于常常」至「而立之」〇连点。

辩鬼谷子

「幸矣」至「过矣」〇连点。

辩晏子春秋

「皆录之儒家中」至「不若是」〇句点。

「非晏子」至「道也」〇连点。

辩亢仓子

辩鹖冠子

「吾意好事者」至「之决也」〇连点。

「何以知其」至「不类」〇连点。

箕子碑

「于虖」至「于斯乎」〇句圈。

评云：「数语卓立，惜前幅体制不雅」。

碑阴文

评云：「讳字误用」。

曹溪第六祖碑

「以为心术」〇旁批：「稚晦」。

「在帝中宗」下〇评云：「事不足称而辞特古」。

碑阴记

「吾不动矣」〇旁批：「稚」。

龙安海禅师碑

「其异是者」〇旁批：「俗套」。

「复其初心」〇旁批：「稚」。

衡山中院大律师塔铭

「赞公言」〇旁批：「稚」。

「呜呼始终哉」〇旁批：「稚」。

段太尉逸事状

「太尉曰副元帅」〇评云：「颇伤于繁，盖以状迫遽中口语复沓，然终是作者精神衰散处。」

故银青至柳公行状

「其莅政」〇评云：「时弱几近明宋人」。

国子司业阳城遗爱碣

唐故给事中皇太子侍读陆文通先生墓表

唐故衡州刺史东平吕君诔

评云：「序排而不害其古，诔则辞费而旨浅。章法亦散漫。」

「道不胜祸」八字〇连点。

「呜呼」以下〇评云：「枝蔓无理」。

故永州崔君志

唐故万年裴君碣

吕侍御恭墓志

「沨沨之风乎」〇旁批：「无谓，与下义不属。」

唐故岭南经略马君志

唐故安州刺史孟公墓志铭

故连州员外凌君志

故岭南盐铁李侍御志

亡友独孤君碣

故襄阳丞赵君墓志

东明张先生墓志

「或曰先生」〇评云：「前后韵语，而间以问答，散文铭辞无是体。」

「吾曰道去友耶」〇旁批：「佻而稚」。

覃季子墓铭

故叔父侍御府君墓版

「鸣呼分阃委政」〇评云：「意鄙而辞庸」。

「孝如方舆公」〇旁批：「俗套」。

志从父弟宗直殡

「洋洋而」至「离」〇连点。

「是月二十四」至「志其殡」〇连点。

先太夫人归祔志

「侄」〇评云：「传曰：谓吾侄者，吾谓之姑，非所施于兄弟之子也。史记魏其武安列传：跪拜如子侄。汉书作姓。岂传写之误而韩柳诸公过而承用之耶？」

亡姑陈君夫人志

「吾生四十有四年」〇评云：「可怪！若再嫁，则法不宜铭。」

亡姊氏君夫人石文

亡妻杨氏志

「及许嫁于我」以下〇评云：「若效左传、国语句调，转成稚拙。」

「呜呼痛哉」以下〇评云：「子厚志厚姑姊及妻，辞意多雷同，以其体制本不能大远于俗也。」

故尚书户部侍郎王君先太夫人河间刘氏志文

「献可替否」以下〇评云：「不独屈谄可哂，志其母而历序其子之官阶，陈其子之功德，于文律亦大乖矣。」

「惟昔孟氏」以下○评云：「拟人不于其伦。」

设渔者对智伯

愚溪对

「虽极汝之所往」○旁批：「丑」。

对贺者

天说

鹘说

朝日说

捕蛇者说

禅说

「不明斯之道」○旁批：「晦」。

乘桴说

「圣人至道之本」○旁批：「不可通」。

说车赠杨诲之

「非众车之说也」○旁批：「其义何居？」

「众车之说」以下○评云：「铺叙无谓」。

「是故任而安之」以下○评云：「仍一车之说耳」。

「若轮守大中以动」○评云：「仍一车之说」。

「视叱齐侯」○旁批：「不雅」。

复吴子松说

「于此者征之」○旁批：「稚」。

「问为物者」○旁批：「晦而稚」。

宋清传

「今之交」至「远者乎」○连点。评云：「此子厚以文中最雅饬者，而感慨亦浅。」

种树郭橐驼传

童区寄传

梓人传

「犹众工」至「食力也」〇连点。

「犹梓人」至「定制也」〇连点。

「犹梓人画」至「于成也」〇连点。

「犹梓人之善」至「艺也」〇连点。

「犹梓人」至「列也」〇连点。

「是诚良梓」至「可乎哉」〇连点。

骂尸虫文

「帝必将怒」〇旁批：「稚拙」。

「而苛慝」〇旁批：「误用」。

「然后为帝也」〇旁批：「稚拙」。

「来尸虫」〇旁批：「丑」。

「尸虫逐祸」〇评云：「通体可笑」。

宥蝮蛇文

「且彼非」至「气甚祸贼」〇五句二点。

「虽欲不为是，不可得也」〇句圈。

吊苌弘文

评云：「子厚拟骚之篇，格调似出七谏、九怀、九叹、九思之上，而义蕴亦浅。」

吊屈原文

伊尹五就桀赞

评云：「将以是自解耶？有伊尹之志则可，有伊尹之道则可。」

梁丘据赞

「岂惟贤不逮」至「又况晏氏」〇连点。

霹雳琴赞引

「天下将不可载焉」〇旁批：「稚」。

师友箴

三戒

涂山铭

评云：「绝无义蕴，词亦浅。」

武冈铭

舜禹之事

评云：「谤誉咸宜。蕴义虽浅，而气尚清明。此则庸妄人所托，决非子厚作。」

「往之所谓尧者」〇旁批：「不成语」。

「而禅天下得之」〇旁批：「狂人语」。

东海若

评云：「此等文之丑恶转无所用指摘」。

读韩愈所著毛颖传后题

「而学者得之」〇旁批：「稚」。

「而不若」至「陈也」〇涂。

「且凡」〇评云：「此转于篇法为骈枝，而意义亦无归宿」。

裴墐崇丰二陵集礼后序

「贾谊以经术起」以下〇评云：「举古人之近似者以相拟，最文章恶道。而子厚每蹈之。」

柳宗直西汉文类序

评云：「『殷周之前』以下当别为一篇。合之，则理体俱失。」

「森然」至「价可也」〇涂，旁批：「无谓」。评云：「自明以来陋习，皆此等为之先驱。」

「而公孙弘」〇评云：「侪弘于三君子，亦不可解。」

杨评事文集后序

王氏伯仲唱和诗序

「嗣来京师」〇评云：「尘容俗状，令人不可耐。」

「埙篪」〇旁批：「丑」。

「卜氏」〇旁批：「可怪」。

「操斧」〇旁批：「丑」。

送杨凝郎中使还汴宋诗后序

评云：「庸弱至此！」

送崔群序

「有柔儒温文之道」〇评云：「索之无气」。

送邠宁独孤书记赴辟命序

「谕告西土」〇评云：「又用此恶套！」

同吴武陵送前桂州杜留后诗序

评云：「以譬喻发端，亦恶道。」

送幸南容归使联句诗序

评云：「援古证今，近世村师幕宾皆用此为活。」

「合度于易于之间」〇旁批：「用古，丑甚！」

送苑论登第后归觐诗序

「于太常」〇旁批：「可怪！」

「余拜而兄之」〇旁批：「稚」。

「在兄而已」〇旁批：「佻」。

「遐登王粲之楼」〇评云：「以古迹点缀，亦恶道。」

送萧炼南归序

「如九江之拜」〇旁批：「稚」。

送班孝廉觐省序

评云：「叹美其人之上祖，亦恶道。」

「舅氏珠玉」○旁批：「浮佻丑恶！」

送豆庐膺秀才南游序

「豆庐生，内之有者也」○旁批：「稚」。

「是固所以有乎内」○旁批：「稚而晦」。

同吴武陵赠李睦州诗序

评云：「此篇颇简劲，惜结束无力。」

送南涪州量移澧州序

「其往也」○旁批：「稚」。

送薛存义序

送李渭赴京师序

送严公贶下第归兴元觐省诗序

「有魏绛之金石焉」〇评云：「又用此伎俩！」

送元秀才下第东归序

「庶周乎」〇评云：「周字恐误」。

送辛殆庶下第游南郑序

「半孔徒之数」〇评云：「求雅得俗」。

「方之于钓者」以下〇评云：「退之亦间设吟，而不若子厚之肤庸且数见不鲜。」

「文昌下大夫」〇旁批：「求雅得俗」。

「抑而不叹」〇旁批：「佻而稚」。评云：「短札中有此亦成俗套，况记序乎？」

送从弟谋归江陵序

「吾不智触罪」〇评云：「突入此语，与上下文义不贯，是谓枝缀。」

送澥序

送内弟卢遵游桂州序

送表弟吕让将仕进序

陪永州崔使君游宴南池序

愚溪诗序

序饮

序棋

送韩丰群公诗后序

「以是知吾兄矣」〇旁批：「稚」●

送元十八山人南游序

送僧浩初序

送浚上人归淮南觐省序

「故乘韦之比」以下〇评云：「恶道」。

监祭使壁记

评云：「务必炳炳烺烺，其实皆世俗人意趣。」

四门助教厅壁记

评云：「直头布袋，钱牧斋辈所俎豆也。」

武功县丞厅壁记

评云：「观子厚诸记，足征其学无根柢。盖如此，则每题皆有现成一篇文字，可信笔铺叙，不假思索矣。」

馆驿使壁记

评云：「正大雅饬，柳文之无疵者。」

岭南节度飨军堂记

兴州江运记

「公命鼓铸」以下○评云：「文近颂铭，不以入散体破坏格制。」

谭州杨中丞作东池戴氏堂记

桂州裴中丞作訾家洲亭记

「大凡以观」至「唯是得之」○涂去。评云：「陋套削去，转觉大雅。」

「则凡名观」至「是亭者乎」○涂去。

「退让」二字○旁批：「稚拙」。

邕州柳中丞作马退山茅亭记

永州韦使君新堂记

永州崔中丞作万石亭记

零陵三亭记

零陵郡复乳穴记

道州毁鼻亭神记

永州龙兴寺东丘记

永州法华寺新作西亭记

游黄溪记

评云：「学史记大宛传，尚不见摹拟之迹。」

始得西山宴游记

钻鉧潭记此篇原本缺

钻鉧潭西小丘记

「噫以兹丘之胜」至「兹丘之遭也」〇连点。

至小丘西小石潭记

袁家渴记

石渠记

石涧记

小石城山记

柳州东亭记

柳州山水近治可游者记

评云：「此记最高古无蹊径。」

「北流浔水濑下」〇评云：「『北流浔水濑下』六字当属『其字下有流水』后」。一本批：「『北流浔水濑下』或衍，或上有阙文。」

寄许京兆孟容书

与杨京兆凭书

评云：「所答三事而联络一气。」

「然立言存乎其中」至「可十七八」〇三句句圈。

与裴埙书

与萧翰林俛书

与李翰林建书

「足音则跫然」。评云：「跫然，足音非□貌也。」

与顾十郎书

与韩愈论史官书

与吕恭论墓中石书书

「夫伪孝以奸利」以下〇评云：「声调太似左传，亦破文体。」

「作东」至「其道美矣」〇涂。评云：「此段赘甚，理体气格俱失；削去，乃觉完好。」

「夫以准济」至「幸甚」〇涂去。

「娄子眇然」〇旁批：「纤而稚。」

与刘禹锡论周易九六书

答元饶州论春秋书

答吴武陵论非国语书

与吕道州温非国语书

答元饶州论政理书

答周君巢饵药久寿书

与李睦州论服气书

「兄阳德其言」以下〇评云：「摇头瞬目，丑态百出。」

「今使号于天下」以下〇评云：「丑甚」。

「号姻娅则左袒矣」以下〇评云：「更无谓」。

「愿椎肥牛」以下〇评云：「恶道」。

答贡士沈起书

贺进士王参元失火书

「仆自贞元」至「足下也」〇连点。

「是祝融回禄」至「足下誉也」〇连点。

「乃始」六字〇涂。

「独自得」至「出诸口」〇涂。

「黔其」至「无有」〇涂。

「艿实」四字〇涂。

「于兹吾」七字〇涂。

「二十一」〇涂。

与太学诸生喜诣阙留阳城司业书

答韦中立论师道书

答贡士元公瑾论仕进书

答严厚舆秀才论为师道书

答韦珩示韩愈相推以文墨事书

答贡士廖有方论文书

报崔黯秀才论为文书

答吴秀才谢示新文书

复杜温夫书

上门下李夷简相公陈情书

上桂州李中丞荐卢遵启

上大理崔大卿应制举不敏启

为裴中丞贺克东平赦表

柳州贺破东平表

代裴中丞贺分淄青为三道节度表

代韦永州谢上表

代人进瓷器状

为裴中丞伐黄贼转牒

祭吕衡州温文

又祭崔简旅榇归上都文

祭外甥崔骈文

评云：「本以诡之以志痛，而枝蔓滞拙，转近于戏。」

附录二

前侍郎桐城方公(苞)神道碑铭

全祖望

古今宿儒，有经术者或未必兼文章，有文章或未必本经术，所以申、毛、服、郑之于迁、固，各有沟浍。唯是经术文章之兼固难，而其用之足为斯世斯民之重，则难之尤难者。前侍郎桐城方公，庶几不愧于此。然世称公之文章，万口无异辞，而于经术已不过皮相之，若其拳拳为斯世斯民之故而不得一遂其志者，则非惟不足以知之，且从而掊击之，其亦悕矣！

公成进士七年，以奉母未释褐，已有盛名，会遭奇祸论死，安溪方倾倒于公，力救之，幸荷圣祖如天之仁，宥死隶旗下，以白衣直禁廷，共豫校雠，令与诸皇子游。自和硕诚亲王下皆呼之曰「先生」，事出破格，固无复用世之望矣。然公虽朝不坐，燕不与，而密勿机务，多得闻之。当是时，安溪在阁，徐文靖公元梦以总宪兼院长，公时时以所见敷陈，某事当行，某事害于民当去，其说多见施行。虽或未能尽得之诸老，而能容之，故公之苦口，不一而足，不自知其数也。或欲荐公，则曰：「仆本罪臣，不死已为非望，公休矣！但有所见，必为公言之，倘得行，拜赐多矣。」世宗即位，首免公旗籍，寻欲用公为司业，以老病力辞。九年，竟以为中允，许扶杖上殿以优之，再迁为侍读学士。孙公嘉淦以刑部侍郎尹京兆兼祭酒，劲挺，不为和硕果亲王所喜。有客自朱邸来，传王意，授公急奏令劾之，当即以公代之，公拒不可；其人以祸怵之，公以死力辞。不数日，竟有应募上劾者，孙公下狱，公谓大学士鄂公曰：「孙侍郎以非罪死，公亦何颜坐中书矣。」于是孙公卒得免。人多为公危之，而王亦不以是有加于公也。寻迁内阁学士，公以不任行走为辞，诏许免上直，有大议，得即家上之。公感激流涕，以为不世之恩，当思所以为不世之报，然日益不谐于众矣。今上即位，有意大用公。时方议行三年之丧，礼部尚书魏公廷珍，公石交也，以咨公。公平日最讲丧礼，以此乃人伦之本，丧礼不行，世道人心所以日趋苟简，谆谆为学者言之；而是时皇上大孝，方欲追践古礼，公因欲复古人以次变除之制，随时降杀，定为程度，内外臣工亦各分等差以为除服之期。（此说本之桴亭陆氏，最为有见）魏公上之，闻者大骇，共格其议，魏公亦以此不安其位。寻迁礼部侍郎，公又辞，诏许数日一赴部平决大事。公虽不甚入部，而时奉独对，一切大除授并大政，往往咨公。多所密陈，盈庭侧目于公。初，公尝董蒙养斋，河督高君方在斋中，公颇言其必贵，故河督最向往公。及其违众议开毛城铺，举朝争之不能得，外而督抚争之亦不能得，而台省二臣以是下狱，公言于徐公元梦，令为上言，不应以言罪谏官，上即日出之。于是公独具疏力陈河督之愎，上颇心动，河督自请入面对，上以其平日素向往公也，以疏示之，河督大恨，亦思倾公。礼部共议荐一赀郎入曹，和硕履亲王莅部，已许之矣；公以故事礼部必用甲科，不肯平署，王亦怒。会新拜泰安为辅臣，而召河间魏尚书为总宪，朝廷争相告曰：「是皆方侍郎所为，若不共排之，将吾辈无地可置身矣。」是后，凡公有疏下部，九列皆合口梗之，虽以睢州汤文正公，天下之人皆以为当从祀者，以其议出于公，必阻之。公尝陈酒诰之戒，欲禁酒，而复古人大酺之制，以为民节用；又言淡巴菰出外番，近日中原遍种之，耗沃土以资无益之产，宜禁之。其言颇近于迂阔，亦为九列中口实。于是河督言公有门生在河上，尝以书托之，上稍不直公，而礼部中遂有挺身为公难者。公自知孤立，密陈其状，且以病为请，许以原官致仕，仍莅书局。众以上意未置公也，适庶常散馆，又以公有所私，发之，遂被削夺，仍在书局行走。而荆溪人吴绂者，公所卵翼以入书局，至是遂与公为抗，尽窜改公之所述，力加排诋，闻者骇之。然上终思公，一日吏部推用祭酒，上沉吟曰：「是官应使方苞为之，方称其任。」旁无应者。呜呼，温公退居留台，神宗方改官制，以为御史大夫非光不可，其亦古今所同慨也夫！于是公自以精力倍衰，求解书局，许之，特赐侍讲衔归里。杜门不接宾客，江督尹公踵门求见，三至，以病辞。乾隆十有四年八月十有八日卒，春秋八十有二。

公讳苞，字灵皋，学者称为望溪先生。江南安庆之桐城人。桐城方氏为右族，自明初先断事公以逊志高弟，与于革除之难，三百年中，世济其美。明季密之先生尤以博学称，近始多居江宁者，公亦家焉。三世皆以公贵。赠阁学。

公之成进士也，宗人方孝标者，故翰林，失职游滇中，陷贼而归，怨望，语多不逊，里人戴名世日记多采其言，姓而不名，事发，吏遂以为公也，及讯，得知为孝标，吏议以其已死，取其五服宗人，将行房诛之刑，长系公以待命，赖安溪而免难。故公自谓宦情素绝，非有心于仕进，每得一推擢必固辞，而三朝之遭遇，实为殊绝，不得不求报称，岂知势有所不能也。

伯兄舟，以高才而不寿，公伤之，推恩其子道永，得官顺天府通判，而道永之罢官，颇遭罗织，亦以公故。公又于故相为同籍，公子道章亦得罪于故相之子，故累上计车，卒不得一售。

公少而读书，能见其大，及游京师，吾乡万征君季野最奇之，因告之曰：「勿读无益之书，勿为无益之文。」公终身诵以为名言。自是一意穷经，其于通志堂徐氏所雕九经，凡三度芟剃之，取其粹言而会通之。不喜观杂书，以为徒费目力，玩物丧志，而无所得。其文尤峻洁，未第时，吾乡姜编修湛园见之曰：「此人吾辈当让之出一头地者也。」然公论文，最不喜班史、柳集，尝条举其所短而力诋之，世之人或以为过，而公守其说弥笃。诸经之中，尤精者为三礼，晚年七治仪礼，已登八秩，而日坐城北湄园中，屹屹不置；次之为春秋，皆有成书。间读诸子，于荀、管二家，别有删定本，皆行于世。其在京师，后进之士挟温卷以求见者，户外之屦，昕夕恒满。然公必叩以所治何经，所得何说，所学者谁氏之文。盖有虚名甚盛，而答问之下，舌挢口噤，汗流盈颊，不能对一词者，公辄愀然不乐，戒其徒事于驰骛。故不特同列恶公，即馆阁年少以及场屋之徒，多不得志于公，百口谤之，是则古道所以不行于今日也。

公享名最早，立朝最晚，生平心知之契，自徐文靖公后，曰江阴杨文定公，曰漳浦蔡文勤公，曰西林鄂文端公，曰河间魏公，曰今相国海宁陈公，曰前直督临川李公，曰今总宪宣城梅公，曰今河督顾公。其与临川每以议论不合有所争，然退而未尝不交相许也。雅称太原孙尚书，曰「殆今世第一流也。」及太原进冢臣，而公稍疑之，尝叹曰：「知人之难，谅哉！」履邸虽恶公，而知公未尝不深。一日，鄂文端公侍坐，论近世人物，文端叹曰：「以陈尚书之贤也，而自闽抚入京，闻其进羡余金六万，人固未易知也」。王曰：「其方侍郎乎？其强聒令人厌，然其尧舜君民之志，殊可原也。」而前此力扼睢州从祀之尚书，垂死悔恨，自以为疚心。呜呼，大江以南，近日老成日谢，经术文章之望，公与临川实尸之，虽高卧江乡，犹为天下之望。去年公卒，今年临川继之，盖无复憖遗矣，岂不悲夫！

予之受知于公，犹公之受知于万、姜二先生也。其后又与道章为同年，且重之以婚姻。予之罢官也，公预见其兆，讽予以早去，及予归，而公又以为惜，欲留予，而不知公亦从此被撼矣。公之密章秘牍，世所未见，唯道章知之，而道章先公卒，故予亦不能举其十一也。西州之痛，言不敢私，亦不敢讳，安得以铭为辞。其铭曰：

经说在简，文编在笥，虽登九列，依然赍志。强聒而言，何补于事？适招多口，成兹颠踬。悬知耿耿，百年长视。老成凋丧，嗣子又逝，孰知公者？青蝇仅至。墓门片石，秦淮之涘。

望溪文集补遗序

孙葆田

方望溪宗伯古文为国朝二百年来作者之冠，迄今久而论定，天下学者并无异说矣。望溪集，文渊阁著录凡八卷，提要谓为门弟子裒集成编，大抵随得随刊，故前后颇不以年月为诠次。又云「近时为八家之文者，以苞为不失旧轨焉」。葆田自年十六七时学为古文词，即笃嗜望溪文。初时所读惟抗希堂本，乃望溪门人王兆符、程崟二君所编次，无卷数，盖即四库所收本也。续得外集文读之，姚姬传郎中序谓「望溪集乃手自定，此皆其芟去不欲存者」。以年岁考之，殆未必然。最后又得咸丰初戴钧衡存庄辑刻本，则集外文与补遗俱在焉。戴氏谓「至是搜罗殆尽矣」；而其乡人苏厚子前序则有「韩理堂所编逸集与高密单氏所藏遗稿猝不得见」云云。戴氏又谓补遗文十有九篇并读书笔记数十则实得之高密单征君。征君，吾师伯平先生也。韩理堂为吾乡先达，其所编逸集亦不知今有存本否？予以是私心向往久矣。

壮岁以后，南北奔驰，中更多故，而伯平先生已于甲戌春去世，欲访求望溪逸文，竟不可得。光绪庚子秋，予年六十有一，以就医来河南，适书贾以商丘宋氏旧藏书数种求售，中有钞本望溪集四册，予叔弟鲁阶知为予所夙好，用重价购之。比予检对全集，则有未刻文三十三篇，文内颇具月日并圈点；岂王程搜辑时未及见耶？抑果宗伯自删之如姚郎中所云耶？予因书告潍县高君翰生，将付剞劂，以广其传。高君复书谓高密单氏本今归伊处，内有书大学平天下传后、丧服或问补、题韩宗伯家书，又闻见录兄弟之子，共文四篇。曩者，宋冒之庶常尝以为戴刻本所遗，请并补入。予亟陈书索观，而予叔弟以是年辛丑冬殁于任所。明年，予护丧归里，与高君匆匆接晤，亦不暇问此事矣。先是，予叔弟宰武陟，又尝于陈恪勤公庙搜得方作碑铭一首，石刻完好，亦全集所遗，则提要所谓「望溪杂著古文稿多散失者」，不其然与？

今年春，高君乃属其从子茂枞携原稿至河南，予因合宋氏本未刻文及陈公庙碑，略为编次，命工刻之。或谓予不可无一言以详其颠末。噫！予生平所遭，于伦常多缺憾，至其骨肉之艰难，则有甚于望溪者。老大无成，岁月易迈，顾独以此区区文字思附骥尾以传，其尤不能无慨也。望溪宗伯又有尚书集注稿本，存伯平先生所，先生卒后，不知书归何人。予屡访未得，附记于此。他日原书若出，有能刻而传之者，是又予所深望也夫！光绪癸卯仲夏，荣成孙葆田序于大梁寓舍。

望溪文集补遗附记

孙葆田

此集（即望溪文集补遗——点校者）业已刊行，续于宋氏钞本旧雨集内录得望溪诗一首（即孔明躬耕咏怀——点校者），今补刊于后。

近得张生宗瑛书，云陈公庙碑乃曹一士谔庭作，详见钱刻碑传集。予考谔庭文曰四焉堂文集，四库全书仅列存目提要，叙其论文宗旨，颇与望溪为近。方选四书文曾载其君子疾没世而名不称一义。碑文作于雍正十一年，望溪是岁年六十有七，正充一统志馆总裁，或当时属为代作亦未可知。又李世费墓志铭、李皋侯墓志铭并已见戴刻集外文补遗，予编刻此集时未及校对，近得许君肃臣书，始详言之。此三篇今皆删去，附记于此，以志予年衰学荒之愧。时丙午秋七月既望，葆田记于大梁书院旧馆。

望溪文集再续补遗序

刘声木

望溪侍郎文，当时已衣被天下，何待后世？然当时声望虽重，而侍郎转不甚爱惜。其门人程崟编刊望溪文集于乾隆十一年，距侍郎之卒，时仅隔三年。侍郎且自谓箧中文未出者十之九，程崟亦谓其古文多散在朋友生徒间，失其稿者十且三四，幸有同时之人爱好其文，为之辑录。以予所考者言之，门人宁化雷𬭎一本，辑得十之八；侍郎又命儿孙自钞一本，赠门人祁阳陈文肃公大受，见于侍郎致陈占咸书中；其次子道兴亦有辑本，后归任心斋，称为逸稿；商邱宋氏旧藏钞本未刊之文，为孙佩南京卿搜辑编刊补遗；王兆符、顾用方各有辑本；同里光氏亦藏旧钞本；潍县韩梦周所编逸集最为完备，因厘为十卷，后归潍县高氏；其余仍有仁和邵懿辰辑本，太仓王宝仁辑本，宝应汤品三辑本；光氏刊龙眠丛书中有望溪奏议二卷；吕俊孙复有遗诗一卷，为刊本所未录。综计望溪文集初刊本二百五十九篇，程崟就王兆符、顾用方二家所录及已所得近文，增一百二十二篇，为三百八十四篇。厥后，坊间流行即是此本。戴钧衡既获潍县韩氏本，复合仁和邵氏、太仓王氏二本，文三十六篇，又于侍郎曾孙传贵，来孙恩露处得未刊文四十七篇，以同里光氏与龙眠丛书本合之，得文一百八十二篇，编为集外文十卷。后复得宝应汤氏本、高密单氏本，得文二十七篇，乃续编为集外文补遗一卷。孙氏得商邱宋氏、高密单氏、潍县宋氏三本，共文三十五篇，去其重复，实只三十二篇。戴孙二家虽竭力搜辑，用意至勤，而侍郎自藏本至今未见，想已遗佚。以此，世间所称为大文者，如湖南洞苗归化碑文、黄钟为万事根本论、时和年丰庆祝赋迄未得见，盖其所遗逸者必仍多矣。

予于甲子正月购得望溪集旧钞本，不知当日为何人藏本，编中言其中改定之字为侍郎亲笔，以戴孙二本校之，仍多未刊之文；又从其门人天津王又朴易翼述信、陈恪勤公鹏年道荣堂集、上元朱绪曾国朝金陵诗征、海宁许承祖西湖渔唱、谢章铤稗贩杂录、桐城萧穆敬孚杂钞诸书中，共搜得文三十三篇，诗十三首，编为望溪文集再续补遗四卷。

侍郎之文，论者虽异同不一，要以湘乡曾文正公之言为最允洽。文正公论归方二家文为真六经之裔，直接唐宋八家之后，虽姚惜抱、梅柏枧不克当此选也。然则侍郎之文，其有关于世道人心者甚大。予故先辑此本而刊之，他日或能得宁化雷氏本、祁阳陈氏本及侍郎自藏本，则得重辑为三、四续补遗，非特予之幸，亦天下后世学人之幸也。己巳五月，庐江刘声木十枝原名体信字述之自序。

望溪文集三续补遗序

刘声木

岁在元黓涒滩，安庆省立图书馆陈馆长东原寄余以学风，始知合肥刘叔雅教授文典购得方侍郎亲笔文稿二帙。亟驰函馆长，请其转商教授乞允录副，二君皆许之。平日与二君固不识也。时余方编辑续补碑传集二百余卷，期以五年成书，殚虑竭力，不暇兼及他书。继思录副之本久扃箧笥，若不早为辑成，付之排印，以流传于世，则委二君嘉惠于草莽矣。乃挑灯校录，依类编辑，复增入自辑文五篇，诗三则，共三十七篇，勒为四卷。后有读者景仰二君之高风，使声木得与于附骥之列，亦幸事也，为序其大略于此。己巳五月，庐江刘声木十枝原名体信字述之自序。

苌楚斋六笔卷二一则

刘声木

安徽省立图书馆馆报曰学风第二卷第七期载有：合肥刘叔雅教授文典于壬申□月购得桐城方望溪侍郎苞望溪手稿两巨帙，集中未刊之文约三十篇，皆涂乙改削，至再至三，朱墨烂然，其苦心推敲之迹，见之可悟作文之法，洵如教授所云。余即函恳陈馆长东原代为介绍照原书影钞。旋得教授复函，慨然应允。逾数月，惠寄影钞一本。教授原为出洋留学生，宣统辛亥返国后，历任北京大学、清华大学、师范大学国文教授、安徽大学文科主任，皋比坐拥数十年，未尝服官，以文学自食其力，不特学问渊深，为恒人所难，而高风亮节尤足令人敬畏。其生平喜治秦汉诸子，精研训诂，考证群籍，俨有乾嘉诸老之遗风。撰有淮南鸿烈集解□□卷、刘向说苑义证□卷、王充论衡集解□卷、三余札记□卷、宣南随笔□卷，并编译英、德、日本人撰述若干种，诚多文以为富者。窃思声木与陈、刘二君本不相识，一纸函求，皆蒙允诺。徐行可恕更屡以桐城文学家撰述远道见惠，亦不相识也。三君之雅量厚谊，成人之美，不让古人。孔子曰：「吾犹及史之阙文也，有马者，借人乘之。今亡已夫。」东周末造已属如此，何况世衰道微至于此极！声木何幸而得此于三君哉！

望溪文稿跋

傅增湘

右方望溪先生文稿三十八篇，咸为先生手迹。庚午二月，余见于杭州。陈立炎、许言与、张古余抄校诸书，同获之越中旧家。先生书翰，余昔年在陆慎斋斋中见尺牍二册，笔致朴古，政复相类，无可致疑也。此册属稿之后，更加改定，朱墨烂然，错出行间，殊足玩味。昔人得老杜墨迹「桃花细逐杨花落」，淡墨改三字。又有得坡公原稿「三尺长胫阁瘦躯」，「阁」字几数易始定。因悟作诗用字之法。况先生为古文大家，后学所宗仰，观其涂乙窜易，日锻月炼，致思之密如此，则于文事思过半矣。册中诸文其与学圃、与贺生、答顾震沧三笺及记荇甥女、书东鄂氏事略、题梦归图、祭尹少宰文，凡八首，见诸文集。余则咸为木集所佚。考苏惇元辑遗文为集外文，得文一百六十六首，赋诗十六首。戴均衡又续辑补遗，得文二十首。亦可云穷搜博访，不遗余力矣。然所谓韩理堂所编逸集，任心斋所藏佚稿，迄不可得见。今余无意幸获觏此册，其佚文至三十首之多，倘得好事者，更访韩任二家之藏，汇取而锓诸木，以继苏戴二君之志。其为功于皖桐，顾不韪欤。呜呼！海上风烟，楚人一炬，涵芬秘笈，尽化劫灰。而吾辈虮虱之臣，犹抱此虫鱼之屑，摭残鉤逸，奋心剬志，以蕲文字一线之留贻，亦徒见其既愚且妄，不知自量也。悲夫文献！

壬申正月十有八日江安后学傅增湘识

后记

方望溪（苞）文，戴钧衡所编之集共有五百余篇。上海古籍出版社出版之方苞集（刘季高先生校点）即本戴本。戴氏之后，孙葆田辑有望溪文集补遗，刻入山渊阁丛书（简称山本）；刘声木又辑有望溪文集再续补遗与三续补遗，刻入直介堂丛刻（简称直本）。二本中，去其与戴本重复者，共得文一百零六篇，诗二十首，断句二则，皆为方苞集所未收。文苑遗珍，多至如许，其可宝贵，自不待言。二本自为起讫，不便观览。今合而编之，并参考姚鼐古文辞类纂所分之类，厘为序跋、奏议、书牍、赠序、碑传、杂记、诗赋七类。山本、直本，皆系排印，颇有讹字缺文。其中引文部分，已查对原书加以改补；其明为误字而无可据改者则于校记中说明，疑以存疑，未敢臆改。刘氏三续补遗，主要录自刘叔雅先生（文典）所藏望溪手稿，当时仅凭抄胥所录，误处尤多（如送稚学士蔚文出守西川序误入与执政书中，史氏传误题为与刘古塘书）今校以原件，误处皆得订正。整理中，凡系明显的版刻错误、异体字等，皆予径改，不再出校。又手稿中有方苞亲自「涂乙改削」之处，正如刘声木所云，是「其苦心推敲之迹，见之可悟作文之法」，今亦略存一二。关于标点，引文部分，凡全引原文者加引号，其融化入文者，则不加引号。集中凡注*号各篇，直本于题下均有刘氏按语：「此文从合肥刘叔雅教授文典藏侍郎原稿本录出」。兹不一一出注了。

唐人资暇录言：「学识如何观点书」，标点古书实非易事。今细绎文辞往复之情，并向吴孟复先生、何庆善先生再三请教，力求符合望溪原意，两先生于百忙中细心审订，惠我实多，谨并致谢。

「校书如扫落叶」，千虑难免一失，订讹补缺，望之读者！

道聽途説
蘭茗館外史
青泥蓮花記
秋崖詩詞校注
舌華録
明語林
夜雨秋燈録（上下）
包拯集校注
毛詩後箋（上中下）
壹齋集（上下）
孟子講義
楊仁山全集
不得已（附二種）
歙事閒譚（上下）
惜抱軒詩集訓纂
張孝祥詩文集
吴汝綸全集（全六册）
青溪集
藏山閣集

田間詩學（上下）
俞正燮全集（全三册）
皖人戲曲選刊　鄭之珍卷
詠懷堂詩集
所知録
文選箋證（上下）
七頌堂集
程瑶田全集（全四册）